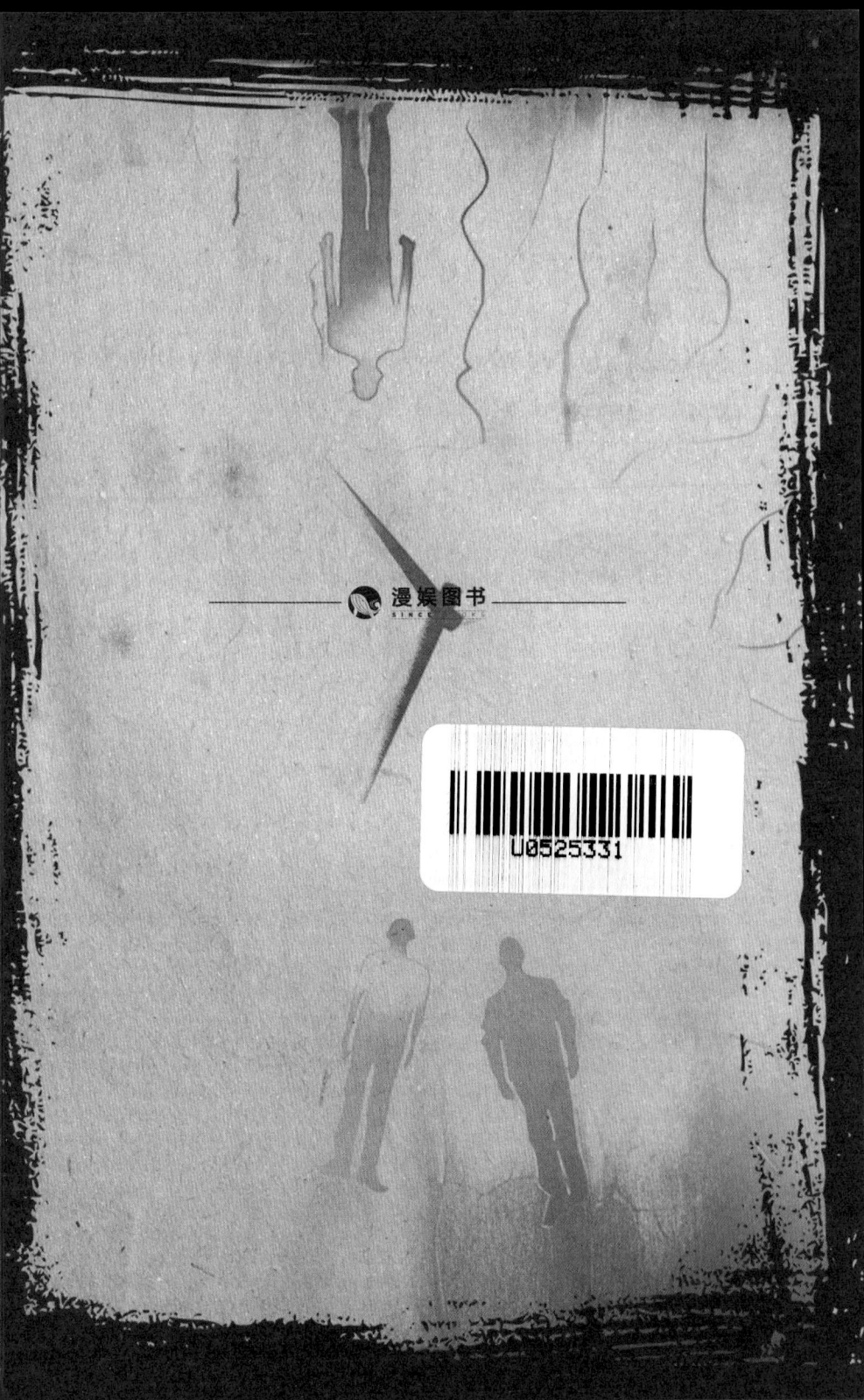

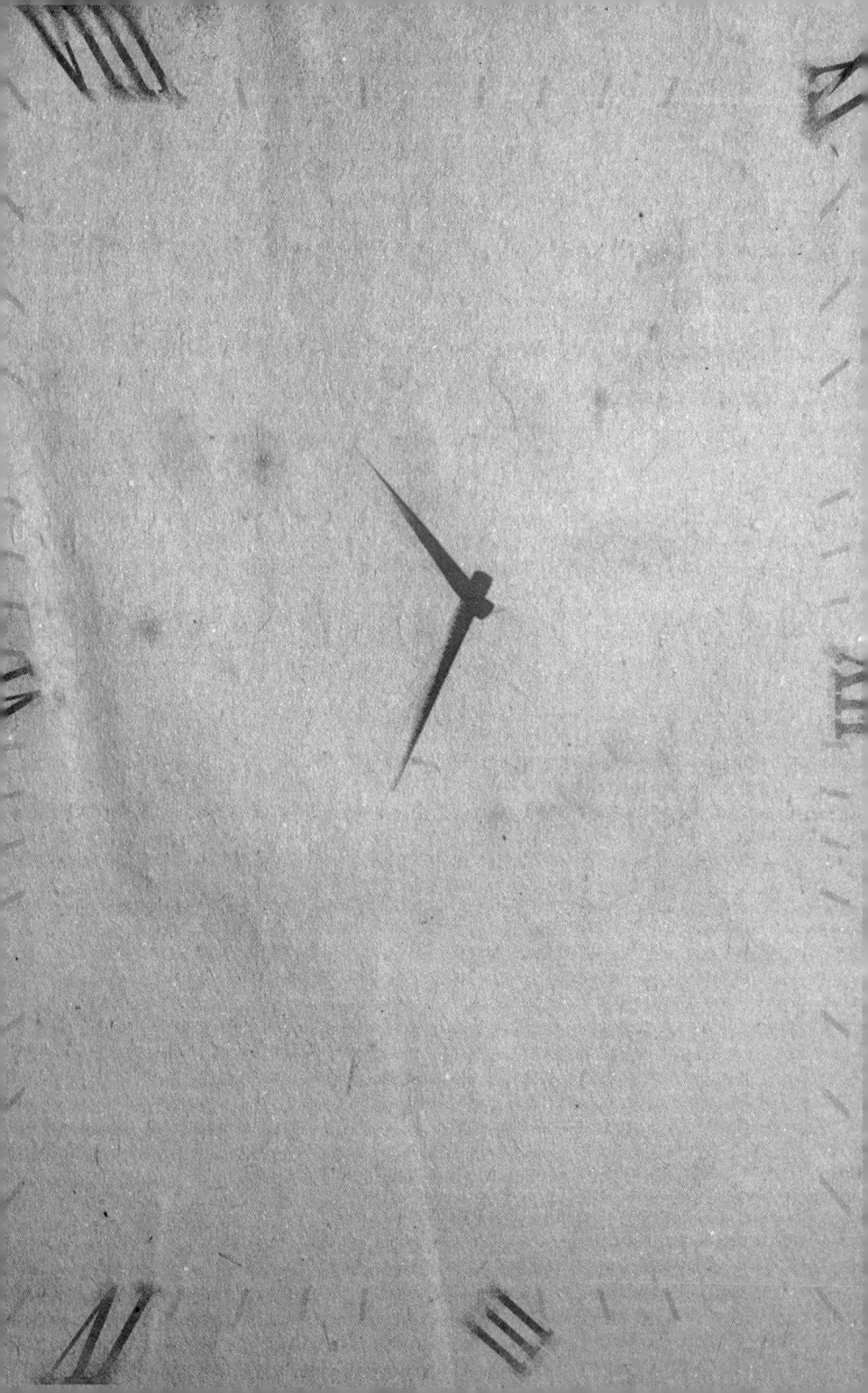

我一醒来就在一个房间里，看陈设应该是休息室，除了一张床、一个书架还有办公桌外就什么都没有了，我找不到任何跟外界联系的方式，就连唯一通往外界的门也被锁上了，需要输入密码才能打开，但是密码是多少呢？

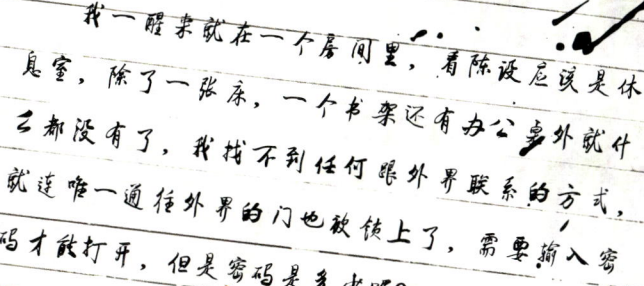

我尝试了很多密码都提示不对，现在已经不敢尝试了，因为每尝试一次，我就会"死亡"一次。对的，就是你理解的那种死亡。

我为什么会发现这个问题呢，因为每当我输入密码错误的时候，这个房间都会爆炸，等我再次醒来后，桌上电子钟的时间依旧是我上次醒来的时间，连日期都没变……你看把我关在这里的人多贴心啊，还担心我不知道时间。

这个房间该翻的地方都被我翻了个遍，就连地毯我都没放过，什么提示都没有，唯一没有查看的就是○书架上的那些书○，但都是些小说故事，会有什么特殊之处吗？

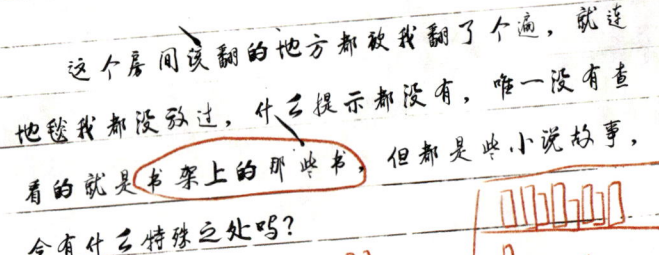

→ ＊＊＊＊＊＊＊＊＊＊＊
……　＊　＊　＊　＊　＊　！！！

提示还真在书架的书里……

上面说开门的密码是16位数，只有输入正确的数字密码门才会打开，而关于密码的提示就藏在书架上的所有书里。

这是要我看完所有书然后找出16个数字的意思吗？你怎么不干脆关我一辈子……

我随手抽了其中一本书看了一下，讲的是一个人每天醒来都会变成不同身份的故事，我又看了其他的，无一例外都跟循环有关。

结合我现在所处的环境，我有了一个大胆的猜想。

我是不是也在经历某种循环？

只有找到密码打开这扇门，才能逃离这个循环？

接下来，你将根据书架上的这些故事，找到完整的16位数字密码，帮助"我"逃离这个房间，打破循环！

请继续往后阅读，并解锁道具【物件袋（内含6件道具）】。

玩法指引：

①阅读正文的7个循环故事，根据他们的故事寻找数字线索，并结合提示给出最终答案。

②找到7个故事对应的道具，并根据提示，解开所有道具的谜题，可在完成谜题后扫描书中的二维码核对答案。

③最后，将你找到的16位数字填写在p237，根据提示核对正误，解锁对应结局。

目录

009 黑暗森林
文 · 黄新星

035 每次醒来都成了受害者
文 · 柠檬黄

081 极乐世界
文 · 维C布加橙

一个行文诡谲、不按常理出牌的作者,致力于高智商悬疑烧脑故事的研究与写作。目前运营故事公众号:子夜旅馆。出版有纸上互动解谜游戏书《守夜人》。

文/黄新星

0

如果把一个人囚禁在迷宫中,他要么会死在寻求正确通道的路上,要么会成功逃出去。而一群人呢?又会怎么样?

1

李正心是被一阵冷风吹醒的。

他发现自己正身处一片黑暗的森林之中,身体疲惫又沉重地倚靠在一棵树下,像是刚经历了一番剧烈的运动,偏偏脑子里一片空白,跟断了片似的,记忆一片模糊,除却自己的名字,想不起来任何事情。

沉默的夜晚让这座黑森林仿佛有了呼吸——天空布满灿烂的繁星，四周却弥漫着诡异的浓雾，风吹动前方空地中间的篝火，发出噼里啪啦的柴炸声。篝火前围坐着四个人，正齐齐看向他。

李正心起身拍了拍衣裤上的尘土，莫名嗅到一股花香。但此刻他的注意力都在前方的篝火与围坐在侧的四人身上。

黑暗中的篝火总是能给人安全感，所以李正心哪怕充满防备，还是慢慢走了过去。靠近后他发现火光映照出来的四张脸上，并没有好颜色。

一个满脸苦痛的老者，一个满脸沮丧的小男孩，一个满脸无奈的中年男人，一个满脸局促的年轻女人。

"你们好，我叫李正心，看起来……似乎情况不太乐观，请问有什么信息可以分享的吗？"他上前挑了块空地坐下，直接询问道。

老者率先开口："你是内鬼吧？"

小孩跟话："一定是！"

中年男人问道："你是吗？"

女人迟疑了片刻，小声说道："可他是最后一个醒的。"接着眼睛瞥向了另一棵树下——那里躺着一具血液还未干涸的尸体，显然那人刚死不久。

李正心也看到了尸体，沉思片刻后说道："所以这是抓'鬼'游戏吗？咱们五个人中有一个内鬼？而且在我醒来之前，似乎内鬼已经杀了一个人对吗？你们从哪儿得来的信息，能给我分享一下吗？放心，我不是内鬼，而且会帮你们抓内鬼。"

老者看了看其余三人，见都无异议，便从身后拿出一台老式录音机，按下了播放键——

"滋滋滋……欢迎来到黑暗森林游戏……参与者为五个人与一个内鬼……嗤……规则为：内鬼玩家……嗤……可以杀死所有人……嗤……人玩家只有把内鬼找出来……嗤……阵亡，则……嗤……获得胜利……游戏开始前所有人身份保密……嗤……所以，不要轻易相信任何人……嗤……滋滋滋……"

后面一直是杂音了，老者按下停止键："我们四人也刚在这里醒来不久，几乎是同时睁眼的，只有你醒得最晚，而且是从树那边过来的。"

"所以你们怀疑我是内鬼也很正常。"李正心点点头，但脸上的表情却并不沉重，"我确实有嫌疑，毕竟跟你们有所差别，而所谓的内鬼，就一定会跟普通玩家有差别。但正因为如此，内鬼就更要混迹在人群中藏匿，从这个角度说我的嫌疑反而变小了。而你们所谓的同时醒也可以通过装睡实现，并不能排除大家的嫌疑。"

听到这话，小孩不禁往后缩回了半个屁股，原本离中年男人很近的女人也不自觉往外挪了挪。

李正心问老者："除了这段录音之外，还有其他信息吗？"

老者掏出一张破烂的羊皮卷轴，在火光的照耀下，上面的图案与鲜血都格外醒目。

　　图案像是半个太阳的简笔画，一个半圆，有五条放射线围绕着它。

　　"是从他手上拿到的吗？"李正心指向不远处的尸体，"你们认识他吗？"

　　老者摇头："大家都互不相识。"

　　李正心走到尸体前观察：一个面容模糊的男人，胸口的衣服像是被利器划破，一条长长的伤口从上到下延伸了十来公分，不过伤口并没有很深，不是致命伤，似乎是因失血过多而死的。

　　"如果是我们中的人杀了他，那就一定存在凶器。"李正心转头对大家说道，并借机迅速扫了一眼，但大家都没有包袱行李。

　　"要搜身吗？"女人主动起身，张开双臂转了一圈，她穿着单薄的长裙，材质柔顺贴身，不像是能藏得住匕首铁器。

　　李正心摇头往回走："不必了，这个森林又大又黑，想藏一把凶器太简单了，内鬼不会冒险藏在身上的。"

　　"如果内鬼有凶器，又比我们早醒，他为什么不直接把所有人都杀掉？"中年男人质疑道。

　　"也许是杀人技能需要冷却时间，一次只能杀一个呢？"小孩冷不丁冒出一句略显荒唐的话，但李正心却点了点头："不排除这种可能，一定有很多规则是我们还没搞清楚的。"

或许是李正心沉着冷静的态度让大家心生信赖，老者主动把羊皮卷翻到背面递给他。背面有四个血字，像是男人临死前写的——"一人一条。"

"你觉得这几个字是什么意思？"老者问道。

李正心来回翻看了两遍羊皮卷，又环视了一遍森林，才指着羊皮卷上的图案说道："你们看，如果把这个太阳当作咱们所处的篝火，那五条射线是不是很像通往森林深处的小路？"

2

女人第一时间反应过来："一人一条的意思，难道是每人以篝火为中心点选一条路走？"

"确定是只有五条路吗？"中年男人反问了一句，又等不及答案，亲自起身前去查看，不一会儿就回来了，"还真是五条路。"

因为篝火的后方是一座巨大的、被树枝藤蔓缠绕锁死的荒废建筑，所以以篝火为中心，前方的一百八十度扇面里，只有五条被迷雾掩盖住的泥路。而左起第一条路的起点，就是那个男人的尸体。

李正心点点头："原来这才是黑暗与迷雾的意义。我突然有了一个猜想，那个男人也许并不是被我们中的内鬼杀掉的。他跟他的同伴先困于此，然后他们选择了一人一条的策略探索森林,结果他惨死了。所以我们可以先一起探索,看看情况如何?"

女人率先同意:"我赞成……这么诡异的森林,要我一个人走一条不知道通往哪里的黑路,实在太可怕了。"

男孩随即也同意,中年男人与老者便默认了。

众人起身,李正心从篝火中取了一根燃烧的木柴:"大家用一根就好,抽多了怕熄灭,这个火堆可是防止我们迷路的地标,绝不能丢。"

说完众人便朝着最左边的第一条路开始探索。

火光拨开迷雾,但转而又被迷雾吞噬。这里的树皆是枯黄无叶极其相似,石头也是狰狞古怪杂乱无章,走一会儿就分不清南北了。

也许是气氛有些骇人,所以黑暗中,四人开始轮番介绍自己。

老者叫九爷,是一个老剃头匠,老伴早死,育有一儿一女,如今六十有余。本该儿孙绕膝安享晚年,不料前年查出了肺癌,儿女便刻意疏远了他。九爷为了缓解病痛与孤苦,学会了用智能手机玩游戏,最近他听说出了一款名为"大家来捉'鬼'"的虚拟实景游戏,第一个通关的人能够获得五十万元奖金。九爷想着拿到奖金,也许儿女就会回到自己身边,于是便下载游戏报了名,并按要求赶到指定地点,戴上了工作人员给的头盔,接下来就失去了意识,再醒来的时候,已经是在篝火旁。

中年男人叫老王，是一个老司机，在一家外企给老板开了八年的车，一直勤勤恳恳。结果某天没休息好，失神之下出了车祸，老板当场死亡，只有他侥幸活下来。面对巨额索赔，他只有到处找能快速捞钱的法子，忘了是谁推荐的"大家来捉'鬼'"游戏，总之他也跟九爷一样报了名，莫名其妙来到了这里。

年轻女人叫春花月，今年才二十三岁，长得很漂亮，但满脸憔悴与风霜。据她自己说是因为嫁给了一个知名男画家，每天承受着残忍的家庭暴力，这是之前作为粉丝疯狂追求偶像的自己无法预料的。因为没有工作，没有收入，也就没有胆量离婚，所以她也报名了"大家来捉'鬼'"，希望能够得到奖金，早日摆脱恶魔，实现经济与人格的双重独立。

小男孩叫阳阳，上六年级，学习不努力，就爱玩游戏，什么游戏都玩，这种能赚大钱的游戏当然也不能错过。只不过现在的局面已经远远超过了他的预计，他还以为"大家来捉'鬼'"是"大家来找碴"的一种衍生游戏。

"神秘的游戏公司？他们都知道自己的来历，而我却对此一无所知。"

李正心正思索着，走了老半天的队伍突然兴奋起来，因为前方不再是浓郁到划不开的迷雾，而是火光。

可也就是只高兴了一会儿，大家便陷入了更大的惶恐之中。

因为这个火，就是之前大家围坐过的篝火。

篝火旁边的尸体还在，众人围坐的痕迹也还在。

李正心站在火堆前摸了摸鼻梁："也就是说，从左边出发，会从右边回来。"

"鬼打墙！"春花月唇齿打战，"我们走的明明是一条笔直的路，怎么可能从另一边回来呢！"

"先别慌。"李正心对春花月说，"雾那么大，参照物也不明显，走得又够久，未必是直路。"

老王冷哼一声："我看就是有人在搞鬼，故意在带我们绕圈子！"

3

众人小作休憩后，九爷问李正心："接下来该怎么办？继续探别的路吗，还是要分开走？"

这次李正心没有正面回答，而是看了一圈众人，问道："你们的想法呢？"

女人和小孩都胆小，所以春花月跟阳阳还是想抱团。九爷没表态，但老王可能仗着身强力壮或者不太相信团队成员，选择自己一个人走。

临行前九爷也加入了大部队。大部队开始走左起第二条路，而老王则走了第三条，也就是中间那条路……

"王叔有古怪。"路上，阳阳踩着枯草边走边嘟囔。

"内鬼想要对大家下手，一定是要单独行动的。"春花月也小声说道。

"你怎么看？"九爷还是不习惯发表意见，而是看向李正心。

李正心摇头："在没有掌握充足的证据之前，我一般不会以恶意去推定他人。"

九爷讥讽一笑："在你醒来之前，老王可是提议过要把你偷偷杀掉呢。"

"是吗？"李正心看向一女一幼。

两人点头。

"那你们怎么不同意？毕竟我也有五分之一的概率是内鬼，只要杀掉我就有百分之二十五的机会赢。"

"哪能随便杀人呢？"春花月似乎很不满李正心的这番话。

李正心却乘胜追击道："那树下那个男人怎么又能忍心杀掉呢？"

一时间无人回答，氛围像是谁答了谁就是凶手那般尴尬。许久阳阳才嘟囔道："又不是我们杀的。"

接着众人再无话，又走了好长一段路。看着前方依旧是湿冷的浓雾，李正心突然开口打破沉默："你们怎么不问问我的来历？"

举着火把的九爷回头答道："你若肯说，自然会说，若是不想，我们也不强求。"火光映照在他那满是沟壑的脸上。

李正心跟他对视了好一会儿，才叹了口气："确实，我记忆出了一点问题，似乎只记得名字，身份应该是企业家，其他的都很模糊，抱歉。真羡慕你们都能记得自己的来历，还都能毫无防备地交代出来。"

黑暗中女人小孩与老人彼此对视了一眼，都没有说话。只是九爷手里的火把举得更高更稳了一些。

又行了一段路后，春花月惊呼一声："又回来了！"

是的，前方依然是那个众人熟悉的火堆。

"不，这次不一样。"走到被篝火照亮的空地后，李正心突然指着远处的树根说道，"那具尸体不见了。"

九爷跟阳阳前去检查了一番，回来后九爷摇头道："看不出痕迹，不知道是被人搬走了，还是原本就不在那儿。"

四人在火堆旁休息了许久，也没有等到去中间那条路探索的老王回来。

李正心捡了一根树枝在地上画画："你们看，我们第一次从左边第一条路出发，最后从右边最后一条路回来；第二次从左边第二条路出发，最后从右边第二条路回来，而唯一没有走过的正中间这条路，也就是老王选的路，他并没有回来。这是不是意味着中间这条路，就是出路？"

春花月点点头，但又马上摇头道："可你怎么保证现在的这个火堆就是我们原先的火堆？万一这个黑暗森林有无数个火堆，无数条路呢？"

李正心摸了摸鼻子，指着火堆说："我们第一次出发前我数过里面的硬柴，一共是十二根，我们抽走过两根，老王抽走过一根，现在里面还有八根燃烧的硬柴跟一根已烧尽的柴。"

"有没有巧合的可能？"九爷问。

"没有，因为我出发前还在地上做了个记号。"说着李正心抬起屁股，露出一个太阳图案的泥痕，"所以，尸体消失的原因，我猜是老王趁我们离开之后，悄悄回来搬走了它，还清理了现场。"

"可他这样做的目的是什么呢？"春花月疑惑问道。

阳阳举手，欲言又止："其实……其实我一直觉得……"

李正心看向他，眼神传递出鼓励。

"我一直觉得……王叔的身形跟那个死人很像！"

九爷也若有所悟道："说起来，尸体的脸被刮花了……"

"难不成……"春花月惊呼道，"现在的老王是内鬼，他杀掉了原本的老王，刮花了他的脸，然后混迹在我们中？！"

这话让夜风突然变冷了，吹得众人脖颈冰凉。

4

"可按照规则，内鬼其实也是人吧，只是一个玩家称谓而已，难道还能拥有变身的能力？"李正心否认了春花月的猜测，接着又说道,"除非你们还对我隐瞒了一些特别的信息?"

九爷连忙摇头:"没有了,我们知道的全都告诉你了。"

李正心沉思片刻,抬头看向众人:"我先来分析一下目前的局势。首先我们都是一群因为缺钱来参与抓'鬼'游戏的玩家,被主办方送到了这个黑暗的森林中。目前我们有两个诉求可以选择,第一就是按照主办方的规则赢得胜利;第二就是不管规则,先逃出这个像是迷宫的场所。因为我们没有食物和水,坚持不了太久。我说的对吗?"

见众人点头,他继续说道:"我们之前选路探索,本质上是在走第二个诉求,如果依然坚持第二诉求,我们就只要走中间这条路就好了。"

阳阳问道:"如果是走第一个诉求呢?"

"一样是走中间这条路,因为如果老王真的如大家推测那般是内鬼玩家的话,他大概率就会在中间这条路的尽头伏击我们。"

九爷咳嗽了一声,重新举起火把:"既然没得选,那就走吧?"

可春花月跟阳阳却都面露惧色。

李正心想了想,对他俩说:"要不你们在火堆待命,我跟九爷去探路,如果找到出路再回来通知你们?"

春花月连忙点头。

于是李正心跟九爷上路了。

九爷问他："为什么要这样安排？"

"他俩害怕。"

"可如果老王真的是内鬼，我们分开走才更危险。"

李正心点头："是的，如果老王是内鬼，我们分开走正中他下怀……但如果老王不是呢？"

"那……"火把抖了一下。

"我做个假设啊，如果九爷你是内鬼，现在就是杀掉我的最好时机。而如果我是，同样如此。"

李正心停了脚步，看向表情有些不自然的九爷。两人对视了半天，最后还是九爷先缴械投降："哎呀，我可以告诉你，我真的不是，而我也相信你绝对不是。"

李正心似笑非笑道："就这么相信我？"

"如果你是，没必要告诉我这么多吧。"

"那如果我俩都不是，假设老王也不是，意味着……"

九爷顿悟："意味着阳阳跟春花月俩人中有一个必是，而此时只有他俩相处！"

"任何人都知道此刻四人抱团走才是上策，但他俩却想要单独留下来，所以其中有一个是内鬼的概率非常大。"

"那还等什么，赶紧回去吧！"九爷作势就要往回走，但李正心拦住了他。

"我们还没有走远，他们可能还能看见火光。你先把火把灭掉，然后我们原地等待五分钟再往回走。"

九爷依言而行，五分钟后两人摸索着往回走，因为没走远所以不一会儿就看到了光亮。他俩悄悄靠近，赫然发现，火堆前已没有二人踪迹。

九爷象征性叫唤了几声，无人应答。

李正心去数了数火堆的柴薪，并没有减少，这意味着两人没有拿火把离开。难道老王真的是内鬼，他把两人掳走了？

正当李正心蹙眉苦思之际，九爷突然把他拉到了一边躲到树后，嘘声以示。

刚躲藏好，一个举着火把的三人组便从旁边一条路走了出来，细一看，不是别人，正是老王、阳阳与春花月。

老王提着把刀，身上沾满血迹，但跟在他身边的另外两人却并不像被劫持的样子，反而紧紧跟着他。三人来到火堆前四下张望了一圈，老王朝地上啐了一口，随即与二人一同坐下休息。

"终究还是让那个娘们跑了！"老王看着春花月说道。

"但你杀掉了另一个我呀，王叔你还是很厉害的。"阳阳满脸崇拜地看着老王手里紧握着的那把似乎是用来砍柴的刀。

"那不是你，那是内鬼！"春花月纠正道。

"那些内鬼应该是复制体吧，他们都没有记忆，感觉像是我们参加游戏时被临时复制出来充当敌人的NPC呢！"阳阳不愧是热衷于游戏的小学生，任何时候都有很强的游戏思维。

"谁！"老王突然警觉地站了起来，看向李正心与九爷的躲藏处。原因竟是九爷过于紧张，以至于呼吸声大了一些而已。

这个老王真是敏锐啊，李正心正想着，却被九爷一把推开："快跑，别管我！"

李正心看了一眼年迈的九爷，察觉到他腿脚不便，果断拔腿就跑。没有火把，慌不择路，他摸黑选了一条路狂奔而去。

在逃跑的途中，他清晰听到了九爷痛苦的惨叫与绝望的呻吟。

5

李正心在路边的一处高耸的灌木丛里潜伏休息，他的腿脚还有余力，但后面的人似乎并没有追来。此刻比起身体的疲惫，他的脑子更累，太多混乱的信息需要快速整理且消化掉。

首先，内鬼似乎不止一个？那就是九爷给的录音带信息不全，他之前就怀疑过，录音带里只说了人玩家获胜策略，并没有提到内鬼玩家获胜方法。

其次，人玩家似乎可以伤害内鬼玩家，这进一步说明录音带的信息有问题。

最后，自己似乎是其中一个内鬼，因为没有记忆。那是否存在另一个有记忆的自己，那才是游戏本体，也在猎杀内鬼呢？

可问题的矛盾之处在于除了自己以外的其他人都有记忆，应该都是人玩家才对，那老王为什么要杀九爷？似乎他也杀了之前跟自己一起行动的阳阳？所以只有一种可能，那就是自己这一方都是内鬼，只有老王是属于人玩家阵营的。

老王杀掉了内鬼阵营的他自己，然后弄花了内鬼老王的脸，混迹在了内鬼队中。在内鬼队第二次探索期间，他独自行动，并和人玩家阵营的阳阳与春花月会合，开始对内鬼队进行伏击。后来在内鬼队第三次探索路线时，他成功杀掉了与春花月一同留守篝火处的阳阳。

倘若真是如此，那他们自然不会放过内鬼队的自己，但为什么没有追上来呢？自己逃跑时选择的是条小路，小路通常都会与另一边相通，他们的想法……也许是追不如堵，从另一边出发，就可以在前方截杀！

所以李正心选择了往回走。

他重新回到篝火旁，那里已经没了三人的影子，甚至连九爷也不见了。直到一滴血滴在他的手臂上，他抬头才发现，九爷的尸体挂在了头顶的枯树枝干上。不只是他，连同之前面容模糊的疑似内鬼老王的尸体，以及内鬼阳阳的尸体，也全都并排挂在了一起。

现在只剩自己跟逃亡的内鬼春花月，该如何抗衡人玩家队呢？况且录音带里说了，内鬼不能伤害人玩家，那该怎么赢？

"一人一条"？

李正心看着头顶上的尸体，突然想到最开始羊皮卷背面的那句话。如果那个羊皮卷是内鬼老王的，那就说明这个提示很有可能是内鬼队获胜的方法。人玩家队想要猎杀内鬼队，那内鬼队赢得胜利的方法很可能就是逃出去，所以才会有一人一条的建议——每个内鬼走一条路，看哪一条是出路。

那么目前摆在眼前的答案显而易见，只有中间那条还没有走通过。

李正心从火堆里抽了根燃烧的硬柴，大步朝着正前方的浓雾走去。

走了不多时，他就看到一个女人趴在地上一动不动，他小心走过去用火把照明，是春花月，似乎是逃跑时跑得太急被绊倒了，头磕到了尖利的石头上，不知死活。在她前方不远处是一口沉重的石棺。李正心走上前，发现石棺前有一台录音机，跟之前九爷手里的那台很像。

按下播放键，还是那模糊不清的声音：

"滋滋滋……欢迎来到黑暗森林游戏，参与者为五个人与一个内鬼……嗤……阵营。规则为：内鬼玩家不能伤害任何人玩家，人玩家可以杀死所有人……嗤……内鬼……嗤……内鬼……嗤……进献祭石棺才能赢得最后的胜利……嗤……游戏开始前所有人身份保密，但内鬼玩家没有记忆，所以，不要轻易相信任何人，更不要随便交代自己的来历……滋滋滋……"

但这一次内容有所不同，里面明确了李正心的猜想，内鬼是一个阵营，而非一个人，而且提到了内鬼获胜的方式就是进入眼前这口石头棺材里。

李正心用力推开了石棺的棺盖，里面的空间很小，似乎只能容纳一个人。他回头看了一眼趴在地上的春花月，没有多作考虑便爬了进去。人刚躺平，棺盖就自动合上了，接着棺盖的上方浮现出了一个血红的手掌印。

什么意思？是要把自己的手掌按上去吗？李正心伸手试了试，但并没有马上按上去。因为他在棺材里闻到了一股熟悉的香味，是花香，他往下摸了摸，原来棺底铺着一层薄薄的花瓣……果然有问题。

脑子飞速运转许久之后，他苦笑道："原来是一个圈套啊！"

6

李正心用力顶开棺盖，艰难地爬了出来。他拿起边上的火把来到春花月身前，探照一番后，朝她踢了一脚。

后者也不再伪装，直接站了起来，擦掉了额头上的血迹："终于还是骗不过你。"

李正心审视着她，此时这个女人已然换了一副神情，再不似之前那般胆小怯弱，而是镇定自若气定神闲。

"差一点你们就得逞了。"李正心感慨道。

"差了哪一点？"春花月微微笑道。

"味道。我刚醒来时身上有一股花香,而棺材里有同样香味的花,说明我之前肯定在这口石棺里待过。"

"确实疏忽了,可就凭这一点?"

"这一点只是突破口。其实所有的骗局都很难天衣无缝,你们的也是。只不过就是利用一些血腥场面或者紧急事件来让受骗者丧失掉理性思考的能力,从而掩盖掉计划里的不足之处。比如九爷给到的录音带信息里只提到人玩家需要把内鬼找出来获胜,但老王他们为什么要大开杀戒呢?"

"不是有'内鬼、阵亡'这样的描述吗?"

"恰恰是这个'阵亡'露出了马脚。九爷的录音带信息说的是五个人与一个内鬼,一个内鬼怎么会用阵亡这个词呢?这说明录音带的信息不全,后来我得到的另一个录音带信息则佐证了这一点。"

"你们的计划根植于这两个录音带信息,所以成也是它,败也是它。"李正心拿出录音机,按下播放键,里面传出来的依然是刚才听到的如何让内鬼获胜的信息。

春花月问:"有什么问题?"

"信息断断续续,是经过了录音覆盖吧。"说着李正心指了指录音机上的录音按钮,"这种老式录音机,可以手动按下录音键,从而覆盖掉原本的一些内容。"

"可是这种老式录音带本来音质就不好,播放断断续续也正常吧。"

"一卷带子这样可以说得通,但两卷带子都这样就惹人怀疑了。而且两卷带子断掉的部分还都不一样,正因为不一样,让我产生了一种想要把它们串联起来的想法。原谅我过耳不忘的记忆力。

"这是第一个信息——

"滋滋滋……欢迎来到黑暗森林游戏……参与者为五个人与一个内鬼……嗤……规则为:内鬼玩家……嗤……可以杀死所有人……嗤……人玩家只有把内鬼找出来……嗤……阵亡,则……嗤……获得胜利……游戏开始前所有人身份保密……嗤……所以,不要轻易相信任何人……嗤……滋滋滋……

"这是第二个信息——

"滋滋滋……欢迎来到黑暗森林游戏,参与者为五个人与一个内鬼……嗤……阵营。规则为:内鬼玩家不能伤害任何人,人玩家可以杀死所有人……嗤……内鬼……嗤……内鬼……嗤……进献祭石棺才能赢得最后的胜利……嗤……游戏开始前所有人身份保密,但内鬼玩家没有记忆,所以,不要轻易相信任何人,更不要随便交代自己的来历……滋滋滋……

"这是两卷带子的信息叠加起来,我再补上了三处不确定推论,尝试得出来的完整信息——

"欢迎来到黑暗森林游戏,参与者为五个人与一个内鬼~~~~)阵营。规则为:内鬼玩家不能伤害任何人,人玩家可以杀死所有人,~~~~内鬼。人玩家只有把内鬼找出来,

（██）进献祭石棺才能赢得最后的胜利。（██████）阵亡，则内鬼玩家获得胜利。游戏开始前所有人身份保密，但内鬼玩家没有记忆，所以，不要轻易相信任何人，更不要随便交代自己的来历。"

"怎么样，跟原本的出入大吗？"李正心问道。

春花月苦笑着摇头："你果然是厉害的，出入不大，基本还原。录音机与带子本来是人手一份，我们把所有人的录音机集中起来，经过数次尝试，弄坏了四卷带子之后，好不容易做好的两卷带子，没想到还是破绽太大。"

"这怪不得你们，我先前说过，只要是骗局，就会有破绽。"

"所以你刚才在石棺里还原了真实的录音带信息，由此识破了我们的计划？"

李正心点头："因为基于这份完整的信息，我就可以知道只有我一个内鬼，而且你们获胜的方法就是把我送进石棺里。这也就解释了，为什么我醒来的时候浑身疲惫且带有石棺里的花香，你们已经在我醒来之前就互相了解了身份，推出了我是内鬼，且找到了石棺还把我送了进去。但遗憾的是什么都没有触发对不对？因为有一个手印必须待棺盖合上之后内鬼亲自去按，也就是我必须是在清醒且自愿的状态下进入石棺，然后按下手印你们才能赢。所以你们只好把我搬了回来，开始谋划布局设计我。"

春花月无奈摊手："继续说下去吧。"

"你们的 A 计划很简单，一人一条的提示，如果当时面对九爷的询问，我选择了一人一条，你们大概率会安排我走中间这条路，然后我会在路的尽头看到石棺，听到被早已经抹掉关键信息和篡改了内容的录音带，于是我就会躺进去按手印，一切皆大欢喜。"

"当时我们的计划是，如果你选择一人一条的话，那就按照年龄顺序，阳阳最左，我左二，你中间，老王右二，九爷右一。"

李正心赞赏道："确实是合理到无法拒绝的提议，可惜我选了一起走，那就进入了你们的 B 计划。这个计划实行起来过于复杂，且需要所有人跟着演戏，也真是辛苦你们了。"

"B 计划的核心就是让你相信两个阵营正激烈角斗，且人玩家阵营占据了绝对上风，这样才能迫使你快速做决策进入石棺。但就如你之前说的，计划总有疏漏，更别说在这种特殊环境下临时制订的计划。我们必须依托录音带，但又不能完全篡改录音带，我们制造出每个人都有对应的内鬼复制体的假象，但又无法让两个一模一样的人同时出现，这些都是无法弥补的漏洞。"

两人也许是说累了，一起蜷腿坐在了湿凉的地上。

"接下来呢？你们打算怎么办？"李正心问道，"还有 C 计划吗？"

春花月摇头，再次苦笑："玩智商玩不过你，没有备选计划了。"

"我还有两个疑问。"

"但问无妨。"

"最初树下那个面容模糊的男人是否真的死了？而且你们是怎样在短时间内获得彼此信赖，并推理出还在昏迷的我是内鬼的？"

"因为我趁着你还在昏迷的时候，给他们讲了一个故事，这个故事他们信了，也希望你能信。"

7

"你还记得我们的来历吧，大家都需要钱，包括那个最先献身的大哥，他是一个赌徒，欠了一屁股债，总之我们都是为了钱来参加了这个游戏。主办方许诺游戏胜利后大家都能获得巨额的财富，但同时，挑战与危机并存。我们进入那个神秘公司，在戴上精密的仪器之前，都签下了一份生死承诺书，如果失败，我们可能都会死掉。"

李正心打断道："其他人都过得不如意，可谓生不如死，我尚且能理解签下这份承诺书的勇气，但阳阳还是一个小学生，他只是贪玩而已，有什么理由冒险？"

"因为……阳阳识字不多，索性就没看承诺书上的具体内容直接签了。"

"……那个赌徒呢，是真死还是假死？"

"当然是假死,他的职业就是剧组的龙套演员,专业演死尸十来年,这点程度的装死对他来说轻车熟路。再说,要是真死,我们也没有力气把他背到树上挂着,天知道让他加上一老一小爬上那棵树就已经有多吃力。"

"……还真是辛苦你们了。你继续吧。"

春花月反问道:"你知道灵薄狱吗?"

"据说是人间与地狱的夹层?应该算是个传说。"

"可以这么说,但它在某个层面上也真实存在。所谓的捉'鬼'游戏,实则是救人的游戏。你还记得篝火背面的那个被封锁的巨大建筑吧,那其实是家医院。而你这个内鬼,此刻就躺在里面的一张特护病床上,奄奄一息。"

"你的意思是,我死了……或者说处在一种将死未死的状态?"

"对。那家神秘公司的特殊仪器可以把一些人的意念带到这个灵薄狱空间里,我们的目的就是把你从鬼门关救回去。你还记得自己是一个企业家吧,其实你的身家过百亿,为了救你,跟你相关的人可以采用任何办法。"

李正心沉思良久:"也就是说,如果内鬼获胜了,则那些来救我的人都会死在这里无法再回去。而只有人玩家获胜了,我才会得救,那些参与的玩家也才能返回现实世界并且赢得奖金?你就是这样说服那些玩家的吧?"

春花月诚恳点头,并起身来到石棺前用力推开了棺盖。

"一副请君入瓮的模样,这难不成就是你的 C 计划?"李正心起身,却没有上前。

"都是在赌,你也得赌一把吧?"

李正心终究是再次躺进了这口石棺,但他的手一直悬在半空没有按上去,棺盖上的那个血红手印真的会是 happy ending 的标志吗?

赌吗?自己好像并不喜欢,而且没什么想赢的欲望呀。

不过换一种角度想,似乎也没有可输的就是了。

手终究是覆盖了上去。

一阵眩目的白光闪过之后,李正心睁开眼,眼前是装潢精致的特护病房。一个眉目清秀的双马尾少女在一旁激动得眼泪汪汪:"哥,你终于醒啦!"

"是啊,做了一个好长的梦……"

END

谜题1

本故事内的关键数字线索是?(提示:两位数,跟游戏有关)

谜题2

解锁道具·录音带信息卡,还原上面被抹除的信息。

每天醒来都成了受害者

眼一闭,一睁,天就亮了,
我又在陌生的床上醒来了。

柠檬黄.

每次醒来都成了受害者

柠檬黄，知乎知名写手，脑洞悬疑科幻三栖作者，迟早有一天会写出让自己满意的故事。
微博：柠檬黄今天写稿了吗

文/柠檬黄

1

头疼。

还没有睁开眼睛，这两个字就已经满满地占据了我的大脑。一旁，尖锐的闹钟声一遍又一遍地响个不停，我只能忍受着头痛的折磨伸出手，试图摸到手机。

"怎么定了这么早的闹钟……"

关掉闹钟之后，我努力从床上爬起来，迷迷糊糊找到卫生间，想洗把脸冷静一下，抬起头来却发现，镜子里是一张完全陌生的脸。

"欸？我原来长这个样子吗？"

我摸了摸自己的脸，然后狠狠抽了自己一个耳光。

嘶，疼。

看来不是在做梦啊，那为什么，我会完全不认识自己呢？我皱着眉头，仔细回想了半天，却发现事情比我一开始想的更加严重。

不光我对这张脸是陌生的，就连自己的过去，我都一点也想不起来。而且，再回头看看房间，我才发现，这房间里的一切对我来说都是完全陌生的。

难不成，我失忆了？

我又趴在镜子前，检查了很长时间。可我的身上并没有什么受伤的痕迹，看起来挺正常的一个人，怎么会突然失忆呢？按照狗血电视剧的剧情来看，至少也得来场车祸吧？

在身上没有找到线索，我又回到房间里胡乱翻了一通。本来指望着能找到本日记之类的东西，可是别说本子了，这个家里连支笔都没有。

直到看到摆在床头的手机，我才反应过来：现在的正经人，谁写日记啊！

日记本这东西，哪儿有手机备忘录方便。

手机密码，当然也想不起来了，但好在，我设置了指纹密码，用大拇指轻轻一按，就顺利解锁手机，打开了备忘录。

果然，第一条备忘录，就是我期待的东西。

"医生曾维民，苏海市第一人民医院，电话：133********。"

除此之外，再也没有其他有用的信息了。

为什么我会把一个医生的个人信息存在手机里？难道说，我早就知道自己会在某个时候失忆，为了提醒失忆的自己，所以才留下了这样的信息？

为了搞清楚我身上到底发生过什么，我别无选择，只能给这个医生打电话。

但是，电话响了很长时间，对面却一直没有接通。

"难道在忙吗？"我喃喃自语着，踱步到窗边，结果透过窗户，赫然看到窗外大楼的楼顶就挂着"苏海市第一人民医院"的招牌。

我自嘲地笑了笑，我这个患者还真惜命啊，就在医院旁边租了间房子住。

不过，这也从侧面证明了，我可能是真的有病，说不定，还病得不轻。

所以，为了以防万一，我决定直接去医院，找这个叫曾维民的医生。

2

"不好意思，请问这里有没有一个叫曾维民的大夫？"

导诊台的护士正忙着手头的工作，但对我的问题依然反应十分迅速："有啊，从那边的电梯上去右转，左手边第二个诊室就是。"

我到那儿的时候,恰好前一个栗色短发的女孩从诊室里出来,她奇怪地看了我一眼,倒也没说什么,轻轻侧身让我进去。

诊室里坐着的医生看起来年纪也不大,戴着一副黑框眼镜,看起来十分斯文,又透露着几分可靠。他仍在电脑上整理着上一个患者的信息,听到我走进来之后,才轻轻转动椅子,面向我问道:"怎么了?有什么问题?"

不过,我还不太好意思开口就说失忆,于是稍微迂回表达了一下:"大夫,是我,你还记得吗?"

大夫有点惊讶地抬起头,上下打量我半天,最终还是摇摇头说:"没印象了。"

"是这样的,我以前……应该在你这儿看过病。"我接着说道。

"你在我这儿看过病?你确定吗?"不知道为什么,他的脸上竟然浮现出一丝狐疑的表情。

怎么了,难道我这失忆症还带传染的?

没办法,我只好从头开始,把我今天早上的经历讲给眼前这位曾医生听。我还告诉医生,我怀疑自己失忆了。

"所以,你就来我这儿了?"曾医生皱着眉头,打断了我的讲述,"你还去导诊台问了我的名字?你为什么非要找我?"

"因为,我在我的手机里看到了你的联系方式。"我解释道,"我还以为,你是我的主治医生之类的……"

听了我说的话,医生的眉头皱得更紧了。

"确实，根据你所说的症状，我认为你可能会有失忆症、精神衰弱，甚至有可能存在妄想症。不过，你不太可能是我的病人。"曾医生说着，指了指门上的牌子，"或许你没仔细看，我这儿，是妇科。"

我总算明白过来，为什么刚才那个女孩要多看我两眼了。

可是，我为什么要在手机备忘录里，记一个妇科医生的电话呢？

按照曾维民医生的建议，我去了楼上的精神科。精神科医生倒是很热情，对我从生理到心理进行了一场完整的检查，可是，脑部CT也好，心理测试也好，从中都找不到我突然失忆的原因。

没办法，医生只能建议道："回家多休息休息，观察一段时间再来吧。"

我带着郁闷的心情走出了医院，决定在附近散散心。

还没走多远，我的手机突然开始疯狂振动起来。我拿起手机，很奇怪，上面竟然没有显示来电号码，只写着"未知号码"四个大字。犹豫了片刻之后，我还是按下了接听键。

"交给你的事情，办完了吗？"电话对面的声音听起来有些失真，但带着一种不怒自威的震慑力。

我感觉身体激灵了一下，虽然我的脑子不记得任何事情，但是身体却下意识地对这个声音产生了害怕的反应。

该不会……对面是我的老板吧？

我只好开口糊弄道:"老板,不好意思,今天早上我刚去了趟医院……"

"嗯,我看到了。"老板打断了我的话,"雇主已经在催了,你不是答应人家,五天之内就能搞定了吗?今天,可是第三天了。"

"五天之内?"我愣了一下,"什么五天之内?"

"别在这儿跟我装傻,还有两天时间,干掉他之后,别留任何痕迹。不然,到时候可没人保你。"

对方说完,不给我反应的时间,直接挂断了电话。

"五天之内""干掉""别留痕迹"?这三个词放在一起,总感觉会拼凑出很可怕的真相。

我赶紧打开手机,看了一眼备忘录,果然,关于曾维民医生的信息,就是在三天前记下来的。

这么说,失忆之前,我是个杀手?而这个医生,也不是什么我的主治医生,是我的暗杀对象?!

这么一想,之前的很多问题都能说通了。可是,买凶杀人这种事,也太离谱了吧!

思来想去,我决定大义灭自己。

3

我点开手机地图查了查离我最近的派出所,打了辆出租车就去了。一进派出所,我立马直奔主题:"警察同志,我要举报,有人要杀人！"

一听杀人，接警的同志差点激动得站起来。

"谁要杀人？"

"我。"

……

接警的同志又坐下了。

"不是，虽然这件事很离谱，但我可以证明给你们看！"说着，我打开手机，回拨了之前打给我的那个未知号码。

"对不起，您拨打的电话是空号，请查询。Sorry……"

气氛一时有些尴尬，我咔嗒一下挂断了电话。

警察依然看着我，表情严肃地跟我说："这位同志，报假警是很严重的违法行为。如果你有什么心理上的需要，可以联系心理医生。"

看警察不愿意相信我说的话，我有些恼火地回击道："真的有人要杀曾维民医生，我没病，我今天早上刚从精神科医生那里回来……"

听到我说这句话，两位警察的脸上忽然露出了一副恍然大悟的表情。

坏了，越描越黑了。

我一下子就慌张起来，不知道说点什么才能让警察相信我。我支支吾吾说了半天，可显然对方一点被说服的感觉都没有。

离开了派出所，我心里的不安感丝毫没有减少，今天这一天发生的事情，对我来说，信息量属实有点过多了。那个"未知号码"如果再打来，我该怎么办呢？

就在我胡思乱想的时候，有人从后面拍了拍我的肩膀。

4

一个留着栗色短发、身材娇小可爱的女孩，突然从我身后凑了上来。

"嗨，我们之前在医院里见过一面吧？"女孩主动跟我打招呼说道。

我愣了一下，随后才反应过来，她就是我去找曾医生的时候，恰好从诊室里出来的那个女孩。

还没等我回应，女孩就继续自顾自说道："我叫池瑜，是一名记者，你刚才去报警时说的话，我都听见了。"

都听到了？一想到我在派出所里那仿佛有点大病的表现，我不由得脸红了一下。

"你……你相信我说的话吗？"我犹豫了半天，还是羞耻地问出了口。

不过，池瑜给我的回复却让我有点惊讶。

"我没有相信，但也没有不信。"池瑜看着我的眼睛说道，"我有个前辈告诫过我，世界上有很多事情，表面上看起来离谱，却又是真相无疑。所以，遇到无法理解的事情，不要凭着直觉否定，而要想办法验证。"

说着，她拿出了手机，主动给我留了一个联系方式。

"如果再有什么跟曾维民医生有关系的事情，请立刻联络我。"池瑜说道，"拜托了，曾医生身上，有我迫切想要的线索。"

说完，池瑜就像她刚出现时一样，急匆匆地离开了。

后来，整整一天的时间，那个"未知号码"再也没有打来。睡前，我暗自祈祷，希望这一切都是一场噩梦，梦醒了，我就能回到自己的身体里去了。

可惜事实证明，这个漫长的噩梦，只不过是刚刚开始。

5

那天晚上，我还真的做了一个有点奇怪的梦。

梦里，我变成了一个穿着白大褂的医生，正在诊室里和一个男人交谈。我能看到他往我的口袋里塞着一个鼓鼓囊囊的大红包，一边塞，一边嘴里说着："这件事就拜托曾医生了，在检验报告上动动手脚，应该不难吧？"

而"我"则一边假意推脱，一边回答着："小事，小事一桩，都包在我身上了……"

我对这个梦的最后印象，就是看到自己胸前的工作牌，上面写着"曾维民"三个字。

第二天，我刚迷迷糊糊醒来，第一件事就是拿起手机，看看昨天那个"未知号码"有没有再打来。

但刚一抓到手机，我就感觉有些不对。

一上手就能明显感觉到，今天的手机和昨天的手机完全不一样。我猛地睁开眼，这才发现除了手机之外，身边的一切都跟昨天完全不同！

"不会吧……"

我赶紧冲到镜子旁边，看向镜子里的自己。

果不其然，镜子里又是一张陌生的脸。更过分的是，这次还是个女孩。

看来我身上发生的，根本不是什么失忆，而是穿越，甚至性别还没有卡太死。可穿越一次也就算了，怎么第二天还要再穿越一次？

到底什么时候才能停下来呢？

我只觉得自己一个头两个大，闭上眼睛仔细回想了一下，唯一能想起来的，就是昨天的经历。而关于现在的"我"，我依然是一无所知。

就在我不知所措的时候，手机铃声又一次不合时宜地响了起来。

这次依然是一个陌生的号码，没有任何备注。我心里暗自祈祷：可不要跟我说，今天这位美少女也是个杀手啊。

没想到电话对面的声音，直接给我来了个意料之外的展开。

"你好，我这边是派出所，请问你是曾维民的女朋友吗？"

曾维民的……女朋友？

既然派出所的警察会这么问，那我这个身体主人的身份八成就是曾维民的女朋友了。有那么巧合吗？我恰好穿越到他女朋友的身体里了？

电话对面的警察又问了一遍，我只好硬着头皮回应："我是，请问有什么事吗？"

"是这样的，这边有一些事情需要您来确认一下。"电话中警察这样说着，我却分明听见他发出了一声轻微的叹息。

伴随着那声叹息，我的心里咯噔一下。

该不会是……确认遗体吧？曾医生……是不是出事了？

虽然我只是暂时借用了曾维民女朋友的身体，但一想到昨天见到的人此刻可能已经遇害，还是让我感到心里发毛。

于是，我赶紧打车，前往警察告诉我的地点——苏海市东部的郊区。

果然，那里已经挤满了看热闹的围观群众，一些警察已经在疏散群众了，在我亮明身份之后，很快有人把我领了进去。

就在我要被他们带着走进小巷里的时候，我注意到一个熟悉的身影——昨天的记者池瑜。

她也来了？也对，按照她对曾维民医生的兴趣，不来才奇怪呢。

我决定趁这个机会做个顺水人情，便拉住警察的衣角，扭头指了指池瑜说道："警察同志，我可以带我的闺蜜一起进去吗？我一个人有些害怕。"

池瑜听到我管她叫闺蜜，一瞬间还有点没反应过来，直到看到我用口型跟她说"是我"，她才终于转过了弯："对对对，我是她的闺蜜，她从小就胆子特别小，而且，曾医生他要是出事了，我怕她会做傻事……"

警察可能不想出什么差错，摆了摆手，让我俩一起走进了巷子里。

尽管已经提前做好了心理准备，但曾维民的死状还是把我吓了一跳。他面容扭曲，似乎承受了巨大的痛苦，据说，他的腹腔被人打开，里面的心脏不翼而飞。

在看到他面孔的一瞬间，我内心深处突然涌来一阵无法抑制的悲伤，瞬间就流下了眼泪，看来哪怕意识换成了我的，身体也会保持一部分原主的记忆。

池瑜一边安慰着我，一边听警察描述案件的详情。直到警察送我们离开了现场，我才终于能渐渐平息住想哭的冲动。

而池瑜也终于问出自己内心的疑问："你是昨天的那个……失忆的人吗？今天怎么变成女孩子了？"

她用狐疑的眼神上下打量着我，我只有苦笑的份。这种事，要不是发生在我自己身上，我是打死也不会相信的，可池瑜只是有些怀疑，已经比普通人的接受程度高出一大截了。

我赶紧把自己身上发生过的事，像竹筒倒豆子一样，一五一十地告诉了她。

"也就是说，昨天你成了杀人凶手，今天又成了受害者的家属？"池瑜小声地盘算着，"这不成无限流小说啦？"

我苦笑了一下："都这种时候了，能不能别开我的玩笑了。"

"我不是开玩笑，我是在推理。"池瑜严肃地看着我说道，"如果真的是这样的话，说不定，明天你还会接着穿越！"

我默默地叹了一口气。这种事，有个一次两次就已经够烦人的了，再多来几次，恐怕我真的要去看精神科了。

"别怕。"池瑜安慰我说，"等你习惯了这个节奏就好了。你放心，在找到杀害曾维民医生的凶手之前，我会一直在旁边帮你的。"

看着池瑜那坚定的眼神，我倒是觉得有些无语：怎么明明穿越的人是我，你却看起来那么兴奋呢？

不过，现在的我，除了池瑜之外，也没有任何可以依靠的人了。

于是我们约定，明天不管我会变成谁，一定第一时间联系池瑜。

"对了，为了方便称呼你，我还得给你起个名字……"池瑜思考了一会儿，灵机一动，"干脆叫你马丁得了。"

"马，马丁？"我重复了一遍，"怎么像个外国人？"

"《马丁的早晨》，你没看过吗？"池瑜表情夸张地问道，"你这家伙有没有童年?"

我苦笑一下,终于想起来了,马丁就是动画片中那个每天早上醒来都会变成另一个人的小男孩。以前我觉得,每天都能变身很酷,可真发生在自己身上,才明白这事有多无奈。

果不其然,第二天一早,我又穿越到一个新的身体当中了。

但这一次,我一睁眼就看到,自己身边躺着一个还在酣睡的男人。

6

"啊啊啊啊——"

我大声尖叫了起来,像是触电了一样,一下子从床上蹦了起来。男人迷迷糊糊地睁开眼,伸出胳膊就想把我搂进怀里。

"怎么了宝贝,做噩梦了吗?"

天地良心,我这还是第一次被一个男人叫宝贝,实在有点无法接受。

没想到这一次,我竟然又穿越到了一个女人的身体里了!

我赶紧找借口要上厕所,抓起手机就从男人身边跑开。幸好,男人睡得迷迷糊糊的,没有对我产生任何怀疑。

按照昨天的约定,我直接联系了池瑜。在听到我的经历后,池瑜直接没有同情心地笑了出来。

"那你现在在什么地方?你加我好友,发个定位,我去找你。"池瑜接着说道。

我按她所说的，打开手机地图看了一眼，结果差点没吓晕过去。

不是，我怎么跑到青市来了！

这个地方距离苏海市足足有两千多公里，而且还没有直达车！算上换乘的时间，过来一趟怎么也得花上一天的时间了。

"你赶紧看看女孩的朋友圈，看看你们千里迢迢跑到青市，到底是干什么去的？"池瑜冷静地帮我分析道，"他叫你宝贝，那肯定是你男朋友。马丁，你就穿越这么一天，可别把人家女孩的恋爱给搞黄了啊，那太不道德了。"

按她的说法，我打开了"自己"的朋友圈，瞬间映入眼帘的是女孩和那个男人的亲密合照。根据信息来看，男人名叫陈川，而我的名字叫季晓梦。

更让我吓一跳的是这条朋友圈的配文："婚前旅行，考验爱情的最好方式。"

好好好，不但是旅行，还是婚前旅行，这样的气氛，不发生点暧昧的事情，恐怕真的说不过去了。

此时，房间那边传来了陈川的呼唤声："晓梦，你跑哪儿去了？"

我赶紧匆匆和池瑜告别，然后挂断了电话。

随后，我做了一下心理建设，带着尴尬的表情走到了陈川面前。

"那个,我有点闹肚子,你……你等我一下哈。"说完,我不等他反应过来,直接抓起一包纸就冲进了卫生间。

此刻的卫生间,已不是卫生间,而是一间安全屋啊!

我享受着难得的片刻宁静,思考着要如何应付这难熬的一天。

7

果然,婚前旅行这种事,对我来说,难度还是太超前了一点。

看得出来,这个陈川,是真的很喜欢他的女朋友晓梦。

走着走着,就想上来牵手搂抱,甚至有几次还想要更进一步的亲密接触。

虽然身体是女性,但我内心深处,还是对这些行为疯狂抗拒。我心里只有一个念头:太阳怎么还不下山啊?求求了,我充个会员跳过这一段行不行?

唯一的安慰是,青市的自然风光还算是不错,我借着拍照的名义,疯狂浪费掉了不少难挨的时光。

终于,在太阳落山之后,我们也回到了旅店休息。

这一天的行程,不但要四处游玩,还得一直提防陈川偷偷对我做什么奇怪的事情,坚持一天下来,属实比上班还累。

所以一回旅店,我就直接瘫在了床上。

而陈川则贴心地给我拿来了一杯饮料:"宝贝辛苦了,今天拍了不少照片呢。"

"你也辛苦了，拍得还挺好看的。"我说着，接过了饮料一饮而尽。

陈川接下来的话，却让我有些出乎意料。

他没头没尾地突然问了我一句："你爱我吗？"

我愣了一下，想起了池瑜的嘱托"千万别把人家的爱情给搞黄了"。

于是，我装作很害羞的样子，结结巴巴地回答他："当，当然爱你了，干吗突然这么问？"

可陈川看着我的眼神，一下子就变得复杂了起来，我也不好说其中到底夹杂着怎样的情绪，但最起码，眼神里的愧疚、伤心还是十分明显的。

看起来，就像是马上要说出一个颠覆我三观的秘密。

果不其然，他伸出手温柔地摸了摸我的头发说道："既然你爱我，那一定会原谅我的吧。"

听到这话，我的脑子一时还没有转过弯来。

原谅？什么原谅？

可下一秒我就明白了，他为什么要取得我的原谅。就像是听到了魔咒一般，意识瞬间开始变得模糊，我几乎立刻就要晕倒了。

我下意识地向陈川求救，他却依然一动不动，用和刚才一模一样的眼神看着我。随后，我便意识到什么，看向自己手里的酒杯。

"是你……为什么……"

还不等我完整地问出这句话,我的意识便彻底地沉入深渊之中。

8

随后而来的,又是一场古怪的梦境。

在梦里,我还是季晓梦,不过周遭的场景却变成了苏海市的某家 KTV。

透过 KTV 包间门上的玻璃,我能够看到里面有一个男人,正死死地按着一个女孩,撕扯着她的衣服。我不认识那个男人是谁,但是却能看出来;他跟我上一次梦中贿赂医生的男人是同一个。

而那个女孩似乎是我的朋友,她也看到了我,向我伸出手求救。可我犹豫再三,最终也没有开门,转身离开了。

为什么?为什么不进去救人呢?

我拼命地想要控制这具身体,却丝毫挪动不了半分。在争夺身体的过程中,我的意识渐渐变得清晰起来,最后我发出一声怒吼,一下子从床上坐了起来。

我又一次从梦中醒了过来,这一次,终于是一个男人的身体了。我顾不上再去思考今天自己是谁,第一时间就拿起手机,给池瑜打了电话:"快走,马上去青市,昨天那个女孩有危险!"

尽管我们一大早就已经出发了,可抵达青市的时候,天色已经彻底黑了下来。为了以防万一,还没到青市的时候,我就已经打电话联系了当地警察。在路上,我也把昨天的全部经历都讲给了池瑜听。

"这下好了,凶手、受害者、受害者家属都让你当了个遍。"池瑜开着车,一路风驰电掣,直奔昨天那两个小情侣所在的旅馆。

然而旅馆前台却告诉我,他们昨天凌晨就已经退房离开了。女人看起来有些不清醒,不过他们确实是男女朋友,所以前台也就没有过问。

池瑜闻言立刻催我上车,带着我沿路寻找两人的下落。很快,我们就看到,不远处有几辆警车停在路边。

我们凑上前去,发现现场已经拉起了警戒线,一群警察正蹲在现场进行调查取证,而季晓梦的男友陈川,正趴在女孩尸体的不远处号啕大哭。

我想起昨天晚上陈川看着女孩的眼神,顿时心中升起了一股无名怒火,不顾所有人的目光,直接冲上前去,一脚把陈川踹倒在地上。

我的突然出现让所有人都措手不及,谁也没有反应过来,所有人眼睁睁看着他被我一脚踢飞了。

等警察反应过来了,有人冲过来把我死死按住。但就在这时候，有人认出了我："别拦了，这是死者的哥哥！"

原来今天的我，是死者的哥哥，难怪，在看到凶手的那一瞬间，我的身体会不由自主地变得暴怒，根本无法控制。

我直接抬手指着陈川，用尽了这辈子所有的脏话库存，狠狠地辱骂了他。看到警方要将陈川拉走，我更是用尽了全身的力气喊道："别让他走，他就是杀人凶手！"

可是，他们依然无视我的喊叫，直接就把他带到了我看不到的地方。

一名警察试图安抚我的情绪："别着急，我能理解你的心情，但是您妹妹的男友，确实有不在场证明，他并不是杀害您妹妹的凶手……"

有不在场证明？我愣了一下。确实，当时我也只能确定下药的人就是陈川，至于季晓梦是什么时间死去的，我还真不知道。

"那你们有线索，能知道凶手是谁吗？"还不等我开口，池瑜便直接追问道。

可警察只是默默摇了摇头："等到有线索的时候，我们一定会第一时间告知家属的……"

听到警方这么说，我就有些坐不住了。

曾医生的案件还悬而未决，如果这个女孩的死亡也成了一桩悬案，那我这魂无定所的日子，什么时候是个头啊？

不行，命运还是要掌握在自己手里。

我和池瑜交换了一下眼神，瞬间就达成了默契。她默默往前站了半个身位，挡住警察的位置，而我则趁所有人不注意，一下子冲向季晓梦的尸体边，然后趴在她身上，痛苦地放声哭泣。

哭泣之余，我还边观察着季晓梦的尸体，结果便发现，和曾医生的尸体一样，这个死去的女孩也被人取走了器官。不过，这次取走的是肺部。

两具尸体，都失去了器官。

或许在警方看来，并不能以此断定这两起相隔千里的案子是同一人所为，但我的存在却能证明，这两起案子之间一定会有联系。

很快，警方就把我从死者身边拉走，我也没有办法继续从尸体上获得更多线索了。

"现在我们要怎么办？"池瑜听我分析完现状之后问我。

"我在想，我做的两个梦，还有我不断穿越的这几个身份当中，是不是有什么联系呢……"我小声地说着，像是要征求池瑜的意见，又像是自言自语，"会不会，咱们能找到我穿越的规律呢……"

"规律我还找不到，不过我能得出一个结论。"池瑜说道。

"什么结论？"我有点迷惑。

"想找线索，睡觉比瞎想更管用。"池瑜斩钉截铁地回答道。

9

在池瑜的坚持下，我留下她一个人分析现有的线索，然后便早早睡下了。

那一晚，我并没有做任何奇怪的梦，老实说，还挺令人失望的。

再次醒来的时候，我看着镜子里的自己，不由自主地露出了满意的笑容。

好啊，竟然让我直接穿越成了毒害女友的渣男陈川！

再也没有比这个身份更方便找线索的了。我没有丝毫迟疑，直接翻身下床，开始在房间里一番搜索。既然是他作案，那或多或少都会留下一点痕迹的，只要被我抓到了狐狸尾巴，一定能叫他付出代价！

但出乎意料的是，这个男人看起来大大咧咧的，线索却处理得挺干净。

不光房间里找不到任何有关的线索，就连手机里的聊天记录都删除得干干净净。搜查了半天后一无所获，我只能坐在床上生闷气，心想：要不然，干脆我去自首吧？让警察来查，说不定就能查出点什么来了。

就在我准备给池瑜打电话，约定一起去警局自首的时候，门外传来了一阵敲门声。

不会是朋友吧？我这刚霸占了别人的身体，搞不好可是要穿帮的。我本想对敲门声置之不理，但那个敲门的人却十分坚决地一次又一次敲门，也并不气恼，似乎早就已经认定，房间里的我，一定会给他开门一样。

没办法，我的意志力可没有外面那个人那么强。在他敲门敲到第五遍的时候，我终于绷不住了。

"来了来了，我给你开门就是了……"

我一边说着，一边拉开门，随即便看到门外站着一个戴着墨镜口罩的男人，他一点也不客气，就这么直接走进了房间。

这么自来熟，一定和"我"的关系很不一般吧？这么想着，我也不敢阻拦，只是呆呆地看着他走了进来。

那个男人一进房间，就毫无礼貌地四处打量着，过了许久才转头对我说道："我有件事想问你。"

他开口说话的一瞬间，我的大脑中像是划过一道闪电。这个男人的声音，我好像在哪里听到过……

可是，还不等我想起到底什么时候听过这个声音，男人就从口袋里掏出了一张照片递给我。

一看到那张照片，我的大脑就像瞬间短路了一般。那照片上的不是别人，竟然正是记者池瑜。

为什么？为什么他会拿着池瑜的照片来找我？这个陌生的男人跟池瑜有什么关系？我又跟池瑜有什么关系？

还不等我想出个所以然，那个男人就开口问道："怎么样，认识照片上这个女孩吗？"

我下意识地摇了摇头:"没见过,不认识。"

可是,那个男人却紧紧盯着我的眼睛,像是看穿了我隐瞒的秘密一般,令我心里发毛。

"是吗,没见过啊……"男人说着,慢条斯理地把手放回了口袋里,可就在眨眼的工夫,他突然又一次把手从口袋里伸了出来,在我根本来不及反应的一瞬间,便拿着什么东西勒住了我的脖子。

是鱼线。

我的喉咙处立刻传来了一阵强烈的痛感,鱼线深深地勒进了我的皮肤里,瞬间就剥夺了我呼吸的能力,我试图挣扎,却只是徒劳地消耗着最后的氧气。

不行,这个男人力气实在太大了,我根本没有办法从他的手中逃脱,我只能用尽最后的力气,把手伸向他的口罩。

起码,让我看看你到底长什么样子……

最后一刻,我终于一把扯下口罩,看着那个男人的脸庞,不甘地咽下了最后一口气。

我本以为,自己可能再也不会醒来了。

10

再次醒来的一瞬间,我就像一个溺水的人,重新呼吸到新鲜空气一样,发出了一声仿佛要把肺部撕裂的恐怖呼吸声。

我猛地弹射起来，冲到洗手间里，抱着脏兮兮的马桶干呕了好一阵子。

缓了好久，我才从那种身临其境的死亡体验中抽身出来。而后，我终于能直起身子，看看镜子里的自己。

这一次，我是一个头发乱蓬蓬、胳膊上画满了文身的小混混，房间里横七竖八的，放的都是喝完的啤酒瓶，滚得到处都是。空气中弥漫着难闻的味道，不知道是从哪个角落里堆着的外卖袋子里散发出来的，散发着一种跟混混的人生一样腐朽的恶臭。

"这混混也太不注意个人卫生了……"我捂着鼻子过去，拿起床边的手机，又一次加上了池瑜。

"怎么昨天没联系我？"一加上好友，池瑜就紧张地说道，"出事了，出大事了，那个毒死女朋友的渣男，昨天畏罪自杀了。"

"我知道，但他不是自杀的。"我快速地跟池瑜同步了一下信息，约好了见面的位置。池瑜告诉我，她在人民医院探望一个老朋友，一时半会儿不会离开，让我去那里找她。

不过，就在我准备起身出发的时候，门外又一次传来了敲门声。

坦白说，我对敲门声都有点 PTSD（创伤后应激障碍）了。

不过，这个敲门声和昨天我听到的那种完全不同，对方可以说是一点耐心都没有，只是用拳头疯狂砸门。

开门之后，我便看到了很多和我一样的小混混，正吊儿郎当地堵在门口。

"走啊阿彪，老大又给我们派活了。"为首的那个朝我招了招手，示意我跟上他的脚步。

一眼就看得出来，他的地位应该是比其他几个混混都要高的。得罪了他，恐怕是没有好果子吃。

没办法，我只能应了一声，跟在他身后离开了。至于池瑜那边，我只能再找机会联系了。

毕竟是第一次当混混，我心里还是有些没底，只能小心翼翼地走在队伍的最末端，甚至不敢问：我们这是要去哪儿，干什么。

在小头目的带领下，我们七拐八拐来到了一扇破旧的房门前，我已经有很多年没有见过这么破的一扇门了。在另一个小混混的敲打下，这扇破铁门浑身上下的零件都跟着一起震动，好像随时都会"哗啦"一声散架。

可拍了许久还是没人来开门。

"大哥，没人，他是不是不在家？"敲门的小弟小心翼翼地征求着大哥的意见。

"废物，他现在这个样子不在家还能去哪儿？"老大啐了一口，把他拉到一边，自己直接上脚踹门。

果不其然，已经摇摇欲坠的铁门终于无法承受这样的摧残，在发出绝望的一声吼叫之后，便轰然倒塌了。

几个混混立刻鱼贯而入，而我也混在其中，跟着冲了进去。

房间里面的陈设比我自己房间里的还要糟糕，没有任何一件新的家具，每一样东西都透露出两个字：寒酸。

可是屋里确实没有半个人影。房间很小，几乎没有什么可以藏人的空间，很快，一个满脸胡茬的男人，就被一个混混从衣柜里揪了出来。

他瑟瑟发抖，扑通一下就跪在了地上："各位大哥，我这个月实在没钱了，下个月，下个月我保证连本带利还上，行吗各位？"

听到他说的话，我一下子就懂了。看来这个男人借了一笔自己根本无法偿还的贷款，八成还是高利贷。别说下个月，恐怕再给他一年的时间，也只能把债务越拖越大罢了。

果然，不相信他的可不止我一个，头目直接上前一步，揪着他的耳朵吼道："下个月？老胡，你自己数数，我都给过你几次下个月的机会了？可你每次都很让我失望啊！"

老胡听到这明显的威胁，甚至不顾自己的面子，直接磕了几个头："我保证，一定能弄到钱，我手里有杜瑾言的把柄，他肯定，肯定会给我钱的！"

杜瑾言？听到这个名字的时候，我的耳朵瞬间就支棱了起来。

杜瑾言可是苏海市知名的富二代，不管从哪个角度，都很难把杜瑾言和眼前这个穷困潦倒的老胡扯上关系。

"三天！我就给你三天的时间！再拿不出钱，那你可就要遭老罪咯！"大哥吼完之后，还不解气地踹了老胡一脚。可就这样，他还趴在地上，千恩万谢地朝大哥磕头。

老胡这副样子，只让我想到四个字：摇尾乞怜。一个人混到这份上，也真是让人无法评价了。

催收任务结束之后，混混们拉帮结派地就准备要找个地方潇洒快活，我则随便找了个理由，从队伍里抽身出来，打了辆车直奔和池瑜约好的医院。

最终，我在住院病房见到了池瑜。她正坐在一个毫无意识的男人身前，似乎是在探视病人。

"这是我的一个……前辈，名叫顾渊。"池瑜叹了一口气道，"他在昏迷之前，一直在调查器官贩卖案，可是在调查过程中遭遇了一场车祸，就变成现在这个样子了。"

"器官贩卖案？"我联想到最近发生的事件，每个死者的重要器官都不翼而飞了，"难道说，最近发生的案件也是这个案件的其中一环吗……"

"很有可能。我之所以调查曾维民医生，就是因为他也有可能牵涉其中，但我也没想到事情会演变到今天这一步。"池瑜说道，"这起事件中，最让我感到惊讶的，还是你的出现。"

池瑜突然抬头，一脸认真地看着我："也许你的出现，真的可以改变这件事情的走向。"

直到池瑜说出这句话，我才想到一个关键之处。每次穿越，我都会来到受害者身边。按照以往的经验来看，这一次也没有理由例外。

很有可能那个老胡会成为下一个凶手，而受害者，就是那个富二代杜瑾言！

我把我的推论告诉了池瑜，她也惊呼一声："既然我们能提前猜到受害者是谁，那就意味着，我们可以抢先一步，抢在凶手前面行动！"

说干就干，我们立刻离开了医院，打算将其中的危险告知杜瑾言。

然而，我们的想法是好的，真正实施起来，却没有那么顺利。

别说杜瑾言了，我们连他公司的大门都进不去。于是，池瑜给我提供了另一条思路：既然没有办法保护受害者，那我们直接盯紧凶手，也一样能取得效果。

不过，现在的老胡还没有做出什么过分的行径，知道他有可能犯罪的人，全世界就只有我一个。

所以，我们也没法报警，让警察来蹲守他，这种苦任务，就只能落在我们自己肩膀上了。

可是，在隐蔽的地方蹲了整整一天，老胡愣是一点动静也没有。

夜色已深，强烈的困意紧紧地攥住了我的大脑，让我忍不住一阵一阵地犯迷糊。

我突然意识到一个严重的问题：尽管已经穿越了许多次，但到现在，我也没弄明白穿越的规律。到底是我睡着了才会换身体，还是只要到了第二天，我就会被强行换身体呢？

从我这不正常的困意来看，八成就是后者。

我掏出手机看了一眼，果然，时间已经渐渐逼近12点了。可是老胡家里，依然没有半点动静传出来。

就在这时，池瑜兴奋地低声呼唤了我一声，然后拽了拽我的衣服："快看，有人来了！"

老胡家的楼下，不知什么时候出现了一辆低调的黑色轿车，有一个戴墨镜的男人从车上走了下来，四下里看了一圈，像是在观察自己有没有引起什么人的注意。万幸，我们躲得隐蔽，才躲过了他的查看。

墨镜男去给后排的人开门，然而此时，我的眼皮已经开始打架了。随着秒针越来越接近12，我终于控制不住困意。

"你盯紧车上下来的人，我稍微闭闭眼……"话音刚落，我的身体终于彻底失控了。

眼一闭，一睁，天就亮了，我又在陌生的床上醒来了。

11

在醒来之前，我又做了一个奇怪的梦。

这一次，我竟然在梦中成了老胡，倚在学校门外的电线杆上，似乎是在等什么人。

直到放学铃声响起，老胡才把目光投向了学校大门。在某个女生出现之后，他双手插兜，吊儿郎当地跟了上去。

女孩拐到小街上的时候，老胡抄了个近路，直接绕到了她前面的一条小巷子里。我分明看到老胡从地上捡起了一块红砖……已经想到接下来会发生什么，可是我却完全没有办法阻止我梦中的这个身体。

过去发生的，我无法改变。

我只能眼睁睁看着老胡拿板砖拍晕了女孩，把她拖进小巷子里。

老胡一边欺凌着女孩，一边嘴里还骂骂咧咧："报警啊，你不是会报警吗？你得罪了那个人，以后有的是人来弄你！"

看着这暴虐的一幕，我唯一能做的，就是默默闭上双眼。

梦醒了，我躺在陌生的床上，不由自主地骂出了脏话："畜生！畜生！"

随后，我立刻拿起手机，联系了池瑜："怎么样，昨天发生什么了？"

没想到在对面等着我的，却是池瑜的抱怨："你还好意思问我？昨天一过12点，你就像疯了一样，突然开始袭击我。幸好我还有点防身的手段，要不然……而且，就因为你突然发疯，我也没看到去找老胡的到底是什么人！"

听了池瑜的话，我也感觉非常后怕，毕竟昨天我的身份可是一个小混混啊……

"那杜瑾言怎么样了？"我还是赶紧问了正事。

没想到池瑜却对我说："还是先见面再说吧……杜瑾言他，好像失踪了。"

12

失踪？

池瑜的话让我万分沮丧。

没想到我们努力了半天，却还是没能阻止悲剧的发生。

不对，我忽然想到了一个关键问题。昨天，小混混可是去威胁老胡还钱的，如果老胡想要通过要挟杜瑾言的方式来赚取赎金，他就绝对不可能这么快撕票！

换言之，现在的杜瑾言，很有可能还活着！

我赶紧跟池瑜说："快，我们还是去老胡家见面，说不定，还有机会挽回局面！"

挂断电话之后，我立马叫车赶到老胡家。池瑜快我一步，已经在外面等我了。

我把我的推理跟池瑜简单复述了一遍，她也相当同意我的想法，甚至比我还要主动，拉着我就要往老胡家走。

经过了昨天混混们的折腾，老胡家的大门已经是形同虚设了，我们还没怎么用力，大门就直接倒在了地上。

屋里的摆设和昨天我来时简直一模一样，只是桌子上多了一些乱七八糟的纸片。我们进入房间之后，立刻开始寻找有用的线索，很快，我就在桌子上找到了一本笔记本。

"你看，这个圈出来的地方是哪儿？"我指着本子上一幅草率的手绘地图问道。

池瑜也凑上来，身为一个记者，她对苏海市地形的熟悉程度，比我可高出了不止一个档次。

很快，她就锁定了目标："这个位置，好像是苏海的一家废弃工厂。"

废弃工厂，一个听起来就很适合安放人质的地方，在这种时候出现在老胡的笔记本上，这意味着什么，就不言而喻了。

我们没有片刻停留，直奔那个废弃工厂而去。

而此时的我们，还没意识到犯了一个致命的错误。受到了之前的定势思维影响，我们两人中，竟然没有一个人想到报警。

赶到废弃工厂之后，我们便径直冲了进去。

在那里看到的一幕，当即给我带来了深深的心理阴影。

13

虽然已经经历过了几次命案，但是，每次的命案现场，都是被警方勘查过保护起来的。像这样直面凶案现场，还是第一次。

　　血淋淋的尸体就躺在废弃工厂的大厅里，四周的血液还在缓缓地流淌。

　　"还是来晚了一步……"池瑜小声地说道。

　　可是，老胡怎么会突然撕票呢？难道他不想要赎金了？我想不通这个问题的答案，打算走上前去，查看一下尸体的状况。

　　但就在这时，我意识到了问题所在。死去的这个人，根本就不是杜瑾言！这具尸体，竟然是老胡！

　　我们心目中的劫匪，竟然成了一具面容可怖的尸体！

　　我随即就联想到自己那几晚的梦境，注意到了一个之前一直被我忽略的细节——每一次的梦中，我都是在以死者的角度，去看他过去的回忆。

　　所以，我早该想到的，这一次的死者应该是老胡。我赶紧转头，对池瑜说道："快走，我们上当了。"

　　可惜，在我反应过来的时候，已经太迟了。

　　一大帮看起来凶神恶煞的男人，从废弃工厂的各个角落里冒了出来，把我们当场团团围住。

　　为首的那人是我之前见过的。给杀手打电话，杀死下毒男人，都是这个男人干的，现在看来，老胡的死同样跟他脱不了干系。

　　"总算抓到你了。"男人的声音凛冽，他盯着我的眼睛。那股强烈的被看穿的感觉，又一次出现在我的脑海中。

069

"快跑！"我立刻转身推了池瑜一把，让她去寻找工厂里的其他出口。我本想阻止这个男人，给池瑜的逃脱争取一点时间，没想到那个人只随便挥了一下拳头，就一下子把我打倒在地上，半天都爬不起来。

池瑜也没能跑掉，被捆起来丢在我身边。

下一秒，另一个声音从阴暗处传了出来。

"老武以前可是职业散打运动员，我劝你还是老实一点比较好。"从阴影里走出来的人是杜瑾言。

"一直在偷偷摸摸调查我的，就是你们两个人吧？"

他出现的一瞬间，我眼前一亮，原来，前几天出现在我梦中侵犯少女、贿赂医生、收买混混的男人，就是他杜瑾言！

而池瑜，也瞬间明白过来："都是你做的，所有的器官贩卖案，背后的主使都是你！老胡房间里的地图也是你故意留下的，为的就是引我们来这里，是吗！"

他却并不回答我们的问题，接着说道：

"我知道你们对我很感兴趣，其实，我对你们两个人的事情也很感兴趣，尤其是你。"他直接蹲下来，捏着我的脸说道，"我听说，每天早上你都会穿越到另一个人的身体里？怎么，今天就穿越到我一个员工身上了？这么有意思的人，可要拉到我的实验室里好好研究一下。

"当然，明天你可以跑掉，但是，如果你穿越之后不乖乖来找我的话，这位池瑜小姐的日子恐怕就不好过了……"

说完，他收起笑容，转身就对他的手下说了一句"带走"，随后，我们两个的双眼就都被蒙住了。

接下来，我只能感受到自己被无情地丢上了车，车子不知驶向了何方，也不知道过去了多久。

很快，我们就被推搡着送进了一间阴暗的地下室里。

"不管你明天会变成谁，都乖乖到我的公司报到，也不许报警，不然的话，我保证这个女孩会没命。"

留下这样一句威胁之后，他们便把我们留在了地下室里。

找不到任何线索，双手被绑，也没有任何能逃生的手段。我和池瑜的情绪，都一下子跌落到谷底。

"千万不要回来。"池瑜小声地对我说道，"明天不管你穿越到谁的身上，都要立刻去报警。虽然警察未必能找到这里，但起码，杜瑾言不会像现在这样逍遥法外……"

看着池瑜的眼睛，我不知道该不该答应她的请求。我暗自下定决心，无论如何，一定不能让池瑜一个人面对一切。

该来的不管怎么躲，终究还是要来的。

第二天早上，我怀着绝望与纠结的心情，再次从陌生的床上醒来。

怎么办……到底要不要报警呢……

我怀着纠结的心情，来到洗手间洗漱，但我看到镜子里的自己时，却直接笑出了声。

这下，不用烦恼了。

14

此时,池瑜正蜷缩在黑暗的角落里,看着昨天被我占据身体的男人,也就是杜瑾言的员工在发疯。她不耐烦地说道:"能不能别闹了,都跟你说过了,只要他回来,杜瑾言肯定会放你走的。"

"不可能!"那个员工泪汪汪地回复道,"他有那种能力怎么可能还会回到这种地方来?而且你也不了解杜瑾言,他是不可能随便就放了我的!"

就在他们为此争吵的时候,一阵脚步声从门外的楼梯处传来。

池瑜透过门上的小窗户看到,来的人是昨天那个看起来就很凶悍的老武。

而在门外守卫着的小喽啰,也瞬间恭恭敬敬地跟老武打招呼:"武哥,这一大早的,您怎么亲自过来了?"

老武只是眉头一皱:"别废话,老板让我带他们俩走,快把门打开。"

牢房里的员工一看到他露面,立刻条件反射一般,蜷缩到房间角落,瑟瑟发抖起来。也不知道,他到底被老武怎么摧残过。

池瑜倒是一言不发,默默地站了起来。

"武哥武哥,你别杀我,咱们可都是自己人啊……"男人哆里哆嗦的，爬到了老武脚下。

"废话什么，站起来自己走！"老武毫不留情地对他喊道。

就这样，两人被小喽啰蒙上眼睛带了出去。路上，池瑜开口问道："这是要把我们带到哪儿去？难不成他回来了？"

"是，回来了。"老武简短地回答道。

说完，他直接一把扯下了两人的眼罩。

"别怕，是我，马丁。"我笑了笑说道，"咱就是说，我运气也太好了，一下子就穿越到最能打的人身上了。"

没错，我在今天早上惊喜地发现，自己变成了老武。于是，我利用今天的身份，直接一招瞒天过海，就把他们俩给捞了出来。

池瑜又惊又喜，瞬间就精神了起来："那我们快走，光非法囚禁这一个罪名，就足够让警方调查杜瑾言，然后所有真相都能大白于天下了！"

然而，刚走过漫长的楼梯，踏上地面的第一步，我瞬间就看到了令人崩溃的一幕。

杜瑾言的车，就停在我们面前。

15

和杜瑾言四目相对的瞬间，我们两个人都愣住了。

最终，还是我反应比他略快一步，拉着池瑜就跑，只听到杜瑾言在后面怒骂了一声："愣着干吗呢？快去追啊！"

随后，车上冲下来好几个小弟，二话不说就冲了上来。

这里毕竟是他们的老窝，没过多久，他们就把我们给堵进了一个死胡同里。

"跑啊，怎么不跑了？"杜瑾言气喘吁吁的，在巷子口堵住了我们，"给我上，把他们都带回去！"

杜瑾言一声令下，周围的人却一动不动。

我立刻就明白他们在害怕什么，我现在占据的身体可是他们的武哥，是他们当中最能打的那个。

最靠谱的队友，在变成敌人的时候，也会是最麻烦的对手。

很快，在杜瑾言的反复催促下，终于有勇敢的小弟冲了上来。不过，只是一眨眼的工夫，对方就被我一拳放倒了。

好啊，肉体记忆就是好用，咱也能过一把一骑当千的瘾了！

我把池瑜牢牢护在身后，一个人阻挡着小弟们的进攻。很快，他们就横七竖八地躺了一地，但我的体力也消耗得差不多了。

可偏偏这时候，杜瑾言的身后又停下了几辆车。

看来，我的好运也就到此为止了。

杜瑾言看到一群穿黑西装的男人走到他身边，顿时张狂地大笑："你完了！就算你再怎么能打，也逃不出我的手掌心了！"

他话音未落，那几个西装男就一下子把杜瑾言按在了地上。

看到那些人的动作，我们三个人都愣了。杜瑾言第一个反应过来，朝着他们愤怒地大吼："干什么！我是杜瑾言！你们抓错人了吧！"

"抓的就是你。"为首的人答道，"你给老爷子的器官，从哪儿弄来的？老爷子发生排异去世了，你跟我们走一趟，去说清楚吧。"

杜瑾言的脸色瞬间就变了。

他一边喊着"不关我的事，你们搞错了"，一边被强行拖走了。而他的小弟们，看到杜瑾言被带走，便当场作鸟兽散。

我终于可以放松下来，一屁股坐在了地上。而池瑜，在看到杜瑾言被拖走后，顿时放声大笑。

"这就是你的报应。"她小声说着。

16

随后，我和池瑜一起去派出所提交了和杜瑾言有关的所有线索。因为我当时的身份是老武，所以属于自首，也要留在派出所协助调查。

老武明天一觉醒来，就会发现自己进了派出所，到时候他脸上的表情会如何，想想就觉得想笑。

躺在看守所的床上，我回想着这几天发生的事情。几乎所有的事情，都是围绕着杜瑾言贩卖人体器官的案件展开的，如今杜瑾言的线索已经交给了警方，他本人也被带走了，事件应该算是告一段落了。

大概，明天早上醒来，我就又会回到自己的身体里吧。

抱着美好的幻想，我沉入了梦乡。

是的，这一晚，我又做梦了。

这一次，我在梦里变成了杜瑾言。依旧是KTV那间包房里，杜瑾言正在欺辱一个楚楚可怜的少女。

"叫啊，你再叫啊。"杜瑾言狠狠地辱骂着女孩，"你不是喜欢拒绝我吗？再拒绝我一次试试呢？"

"我不妨告诉你，是我让你那个闺蜜把你约到这儿来的。而且，这儿是我家的产业，你就是叫破喉咙，也没有人会来救你的！"

杜瑾言一边说着，一边揪着女孩的头发胡乱撕扯。女孩在痛苦中摸出手机，按下了最近联系人的号码。

我分明看到那个被备注为姐姐的号码，是池瑜的。

可电话还没打通就被杜瑾言发现了，他直接粗暴地夺过手机，挂断电话，把手机丢了出去。

这个女孩的故事，我终于彻底看懂了。

随后，一个轻柔的女声在我耳边呼唤着我的名字，对我说了一句话。

17

医院里,池瑜又一次来到了病房中。

昏迷的男人依旧和平常一样,无言地躺在病床上。池瑜把带来的水果轻轻放在床头的柜子上,像是怕打扰男人的睡眠一般。

可明明,他已经5年没有醒来了。

池瑜和平常一样坐在男人身边,讲述自己的现状。不同的是,这一次,她带来了杜瑾言的消息。

"警方找到他的时候,他差不多已经被那帮人折磨疯了。毕竟,他也解释不清楚,为什么明明配型成功的器官,在移植给客户之后,却引起了排异反应。"池瑜笑了笑说,"到现在,他也不知道,是我在配型报告里做了手脚。"

"好了,能做的我都已经做完了,这样一来,器官贩卖案也能彻底告破了。今天,应该是我最后一次来看你了……"

话音未落,池瑜便突然吓了一跳。顾渊的手,突然轻轻抓住了她的手腕。

"别怕,是我,马丁。"顾渊虚弱地小声说道。

是的,我就是顾渊。破解了器官移植案件之后,我终于回到了自己的身体里。

池瑜扑哧一声笑了出来。

"我就知道是你,就算失去了意识,还是那么执着于这个案件。"

我看着池瑜的眼睛,过了许久,才缓缓开口说道:"当年,没有接到那个电话,妹妹并不怪你。"

一句话,让池瑜顿时愣在原地,一行清泪不知不觉从眼中涌出。

"不对,当年那个电话的事,我没有告诉任何人,你是怎么……"

我指了指自己的心脏:"是她告诉我的。"

5年前的一场车祸,让我受到重伤,瞬间生命垂危。幸好,有一个善良的女孩,死后捐出了心脏,才让我勉强保住了性命。

我到现在才知道,那个女孩就是池瑜的妹妹,池璐。

池璐被杜瑾言侵犯,杜瑾言贿赂医生篡改鉴定报告,最后,还利用混混去威胁池璐,最终导致池璐想不开从而自杀。

而那时,姐姐池瑜正在外地出差,对一切一无所知。等到她终于回来的时候,一切都已经无法挽回了。她跑到杜瑾言的公司大闹了一场,却连杜瑾言的面都没有见到,最后还因为打伤了一个人,反而被抓去判了几年。

错过妹妹的求救电话,成了她一辈子的心结。

正因为这样的心结存在,池瑜才设想了一个如此复杂的计划。她伪造了三份配型报告,让三个曾经参与"池璐事件"的人和求购器官的客户配型成功。身为器官贩卖案的主谋,杜瑾言当然不会在乎这些昔日的"同伴"。

就这样,池瑜假借杜瑾言之手,间接报复了当年帮着杜瑾言祸害她妹妹的三人。随后,又以调查记者的身份,揭露了杜瑾言的所有罪行。因为一切都是她策划的,等于先知道答案再去找线索,自然非常简单。而有了我的存在,她的调查效率又瞬间翻了几倍。

"原来如此,或许,池璐的一部分,还活在你的身体里……"池瑜理了理耳边的头发,笑了一下说道,"可惜,一切都太迟了。"

"还不迟。如果现在就去自首的话,就算认定为伪造文书甚至教唆杀人,也不会判得很重。"顾渊说道,"而且,池璐不是告诉过你,要替她好好活下去吗?"

是的,那是池璐自杀前,留给姐姐的最后一封信。

"这个世界,对我来说太痛苦了。但我相信,姐姐可以替我好好活下去,看看这个世界美好的一面。

"等到再见面的时候,姐姐再把一切讲给我听吧。

"可不要,来得太早了。"

池瑜无言,只是把手中和妹妹的合照攥得更紧。

不管是噩梦还是美梦,我们总有一天要醒来。那些已经离去的人,也不会希望看到我们留在原地。

好好睡一觉,明天,我仍将是我自己。

END

谜题1
本故事内的关键数字线索是？（提示：个位数，跟穿越有关）

谜题2
解锁道具·"器官贩卖案"人物关系图，还原各个人物之间的关系，梳理案件脉络。

极乐世界

如果，当你醒来的时候发现，你在重复着同一天，你会怎么办呢？

维C布加橙．

极乐世界

一只以解剖为生，富含奇妙思维，鲜嫩可口却爱诱惑他人，整日只喜欢平躺的高级进口橙。微博@维C布加橙

——文/维C布加橙

引子

如果，我是说如果，当你醒来的时候，发现你在重复着同一天，你会怎么办呢？

我很好奇。

第一章·循环
17点

看了一眼自己的手表，现在是下午五点整，而我正走到了小区公园里。

这个时候的公园还挺热闹，因为是周末，所以有不少大人带着孩子在这里玩耍，当然也有一些好不容易有空休息的人，以一家人一起出游居多。偶尔也会有几个像我这样出来透气的社畜，全身都透着疲惫，想要获得片刻的宁静和喘息。

　　我坐在一条长椅上，旁边还有一个穿着西装的中年男人，他看起来比我还要憔悴几分。这个男人周身散发着一股烟草味，领子被扯开，有些凌乱。他的脚边散落着一地的烟头，手上还夹着一根烟，这会儿升起了袅袅的白烟，火光一闪一闪的，白色的香烟逐渐变成了灰白的烟灰，直到风一吹，散开了去。

　　这个男人叫张鹏，在股票公司上班，不过今天他被辞退了。

　　在我刷手机的这几分钟里，这已经是他第九次摁亮手机屏幕了，虽然没几秒之后屏幕又再次暗了下去。他的手机界面一直停留在通讯录里，手指一直颤抖着，犹豫要不要点下备注为"老婆"的联系人，似乎每一次他鼓起勇气，最后都会在快要触碰到的瞬间退缩。

　　这时候他的手机铃声响了起来，来电提示上显示着"老婆"。我明显看到他的手颤抖了一下，但最终他还是接通了电话。

　　"嗯嗯，马上就到了。"他的身体前倾，肘关节支撑在自己的双腿上，一手拿着手机，一手抹了一把自己的脸，做了一个深呼吸讲道。

　　我听不到手机的另一头他的妻子在说什么，只是看到了他的苦涩和心酸。大概一分钟后，他挂了电话，把脸埋进了自己的双手里。我看不见他的表情。

几分钟之后，他摸出了口袋里的一盒香烟，却发现里头已经空空如也。这时候他叹了口气，眼角的皱纹仿佛又深了些许，他站了起来，拎起了长凳上的公文包，佝偻着背，垂头丧气地离开了公园。

他的背影像极了大漠里被压垮的骆驼，又或者是田地里垂暮的黄牛，逐渐消失在了人群之中。

而在他消失的同时，一声愤怒的咆哮传来，即便是在此刻嘈杂的公园之中，也显得格外突兀。

我翻开笔记本，在第一页的一行字旁边打了一个钩。

17点，张鹏，失业。

17点10分

咆哮的来源是一个中年男人。

他穿着工装，身上有一股机油味，当然，他衣袖和领口处黑乎乎的油渍也足以让人看出他的工作。

他叫赵大海，是一个汽修工人。

赵大海随意地卷起了两个袖子，一高一低，手臂上青筋暴起，蜿蜒曲折的样子就像是盘山公路。除了手臂之外，他额角边的青筋也突起，似乎还一跳一跳的，脸色涨得通红，一看就是暴怒的样子。他火急火燎、三步并作两步，走到了公园里的秋千前,一把就把坐在秋千上的少年拎了起来。

"你爸我整天累死累活赚钱是叫你读书的!你个小兔崽子不去上学在这儿打什么游戏!当我的钱是天上掉下来的吗?不想读书就赚钱去,我还不乐意给你个兔崽子交学费呢!"

赵大海破口大骂着,唾沫星子不断地飞溅出来。而被他单手拎起来的少年看起来不过十五六岁的样子,瘦弱干瘪,尤其是整个人包裹在一件极其宽松的校服里,更显得人单薄了。

少年冷淡地看了一眼赵大海,摸了摸自己的脸,似乎是想把脸上的口水擦干净,另一只手上依旧拿着游戏机。

我虽然对游戏不感兴趣,但出于职业敏感,我很清楚他拿着的那个是上个月新出的游戏机,价格不菲,按照常理来推断,不像是他们这样的家庭可以负担得起的。

"你还嫌我的口水脏是吧!臭小子翅膀硬了是吧?你这什么眼神?看什么看!"赵大海看到少年无动于衷的样子,显然更加窝火了,松开了拎着少年衣领的手,与此同时顺手往外一推。

少年踉跄了两步往后退,才站稳了。他看了赵大海一眼,什么话都没说,转过身拿起了秋千上的书包,把游戏机放了进去,没有理会赵大海就背上了包准备离开。

"你个小兔崽子去哪儿!你当我是死的吗!你给我回来!"赵大海见少年要走,气得跳脚,指着少年大声喊道。

然而少年根本没有停下来的意思,就像是不曾听到赵大海说的话，继续大步流星地往前走。

"臭小子！今天是你妈的大日子！给我站住！"赵大海继续咆哮道。

这时候少年突然停住了脚步，他转过身看了赵大海一眼，眼神里满是厌恶和愤怒。他忽然快步走了回来，直到走到赵大海的面前伸出双手狠狠地推了他一把。赵大海没料到少年会突然动手，一个后退没站稳竟然跌坐在地上。

"你整天除了喝酒和骂我你还会做什么！你管过我了吗！整天在这儿装什么好爸爸！要不是你，我妈就不会死！要不是你，我会被人骂有娘生没娘养吗！"少年一双眼眸里满是愤怒的火焰，他稍稍停顿了一下，冷笑一声道，"你看看你自己这个德行，哪儿像个男人了？"

赵大海坐在地上，有些诧异地看着少年，似乎没有想到他会说这样的话，一时间竟然语塞，不知道该说什么来反驳。

"怎么？这会儿不说话了，刚才不是挺会说的吗？继续骂啊！不是说我没出息吗？你能耐，你当你的大哥，怎么还让我妈为了替你还钱累死了呢！"

少年的话就像是毒蛇飙溅出来的毒液一样，让赵大海全身僵硬动弹不得。

"管我？你有什么资格管我？你算哪门子的爸！"少年嘴角一抽，吐了一口唾沫在他的边上，扭头离开了。

赵大海坐在地上久久没有动弹，就像是一座石像似的。好一会儿，他狼狈地爬了起来，拍了拍自己的裤子和衣服，紧紧抿着嘴唇，低着头。

因为这一出闹剧，公园里窃窃私语的人不少，但这会儿都别过了脸。他伸手从裤子口袋里掏出了钱包，钱包的边缘已经掉漆掉皮了，应该是用了很多年的。但是他还是很温柔地摸了摸，打开钱包看了看。

几秒钟之后，他重新把钱包收起来放进了口袋里，然后一瘸一拐地离开了公园，我隐约看见他的双眼通红，还有些湿润。

我知道他钱包里放着一张照片，是年轻的他和一个年轻的孕妇的合照。

我把笔记本翻到了第二页，又打了一个钩。

17点10分，赵大海，父子矛盾。

17点30分

我长舒了一口气，刚才的风波已经过去了，公园里的气氛又逐渐变得和谐欢快了起来。

一个女人就在这时候一边打着电话一边走进了公园里，她妆容精致，但脸上还是透着一股疲惫，看打扮就知道是都市白领，一股精英气质扑面而来，尤其是那双恨天高，每走一步都像是美人鱼踩在刀尖上跳舞一样。

大约是太累了，她一屁股坐在了我的旁边，手提包也随意地一甩。

我挑了挑眉。

这个女人叫徐娜，是个小白领。

"妈，我说了很多次了，我工作很忙，现在是事业上升期，最重要的阶段，不能分心。能不能升主管就看这一两年了，人人都削尖了脑袋往上挤，多大的事儿啊。"

徐娜微微蹙眉，脸上透着不耐烦，一手虽然拿着手机讲电话，一手却翻来翻去，似乎是在看自己的指甲。

"我知道我已经二十九了，二十九怎么了？女人一定要结婚生孩子才叫女人吗？我现在的生活挺好的，你别瞎操心了。"她叹了口气继续道，"我不是不谈恋爱不结婚，这不是没碰上喜欢的人吗？"

我竖起了耳朵想听清楚她的对话内容，可千万不要觉得我八卦，我不是这样的人，我是在搜集线索。要知道每一个出现的人都至关重要。

"你让我相亲我不是每次都去了吗？你还要我怎么样？"女人继续道，"你别说那个什么王姨了，她女儿大学一毕业就嫁了一个小老板是挺不错的，可她给我介绍的什么人啊！上次那个三十六岁还离过婚的，孩子都上小学二年级了，有个厂怎么了？有个厂我就得高高兴兴地贴上去啊？

"什么叫过了三十就嫁不出去了？你女儿我有这么差吗？我好歹也是在一线城市工作的白领，年收入也有二三十万呢，怎么就不值钱了？

"好了妈，你听我说，现在的人结婚都晚，就兴结婚晚，大家都在观察市场走向，你别老看着人家结婚生孩子就催我。好了好了，我还有事儿要做呢，你休息休息该吃饭了。"

她立马挂断了电话，然后靠在长凳的椅背上长舒了一口气，一脸的疲惫。之后是长时间的沉默，如果不是她缓慢起伏的呼吸，我差一点以为她已经死去。

几分钟的时间里，她的手机屏幕都毫无间歇地亮着，此起彼伏的新消息通知不断提醒着她，可她却没有理会。直到新消息通知框占据了整个屏幕，并且出现了滑动条，她才睁开了眼睛，拿起了手机看了一眼，似乎是深吸了一口气后，才解锁了手机，打开了满屏幕的消息。

有文字也有语音，有私聊也有群消息。

她看了看，然后陆续点开了其中的语音。

"娜姐，明天的合同我已经发给你了，你再看一下，没什么问题我就发给对方了。"

"娜娜，GH公司要招标了，负责的是老沈，老大的意思是这个标一定要拿下，老沈一直都挺喜欢你的，所以这个就派给你了，想办法拿下他哈。"

……

她花了几分钟刷完了所有的消息，但都没有回复。

她的手指停在了一个人的聊天对话框上，久久没有动弹。

那是一个链接，她迟疑着没有点开，因为那是一个电子版的结婚请柬。

几秒钟之后，她用微信转账了一个大红包，备注上写着：新婚快乐，百年好合。

随后她把手机锁屏，拎起了自己的背包，站了起来。

她走远了之后，我又翻了一页，打了一个钩。

17点30分，徐娜，单身失恋。

18点

徐娜离开之后，公园里的人渐渐变少了。这个时间是吃饭的时间，大部分的人都回家了，天色也逐渐变黑了，夕阳已经快要完全落下了地平线。

18点整，又一个女人到了公园，她是哭着跑来的。她哭得很委屈，很伤心，完全沉浸在自己的世界里，就像是和外界完全脱离了一般。她哭了很久，才平静下来。

这个女人叫黄菲菲，是个全职太太。她身上穿的是最普通的宽松衣物，颜色偏深，但还是可以看见上面沾着各种各样的污渍，像是食物的残渣，还有奶渍、头发丝，甚至还有水彩蜡笔痕之类的痕迹。她家里应该有不止一个孩子。

过了一会儿，她似乎渐渐平复了自己的心情，停止了哭泣。她直接用衣袖胡乱擦了擦自己的眼泪，肩膀依旧一耸一耸的。

这时候她的手机铃声响了起来,她看了一眼并没有接,反而挂断了。没几秒钟,手机铃声又再次响了起来,她再次挂断。然而手机那头的人却依旧锲而不舍,不断地打过来。

黄菲菲仿佛是受够了这个手机吵闹的声音,竟然直接把手机丢了出去。手机摔在地上变得四分五裂,这似乎还不够她发泄,她还奋力地踩了好几脚,让人一点都看不出来这是个柔弱娇小、温柔端庄的女人。

她的胸口剧烈地起伏着,仿佛在努力克制着体内即将爆发的火山。看得出来,她似乎遇到了什么忍无可忍的事情,才让她如此失态。

但这样的失态只维持了短短几分钟。大概五分钟后,她蹲在地上,把头埋进了自己的臂弯里,不知道是不是在哭。随后,她撩起了头发,捡起了手机的残骸离开了公园。

我把笔记本往后翻了一页,又打了一个钩。

18点,黄菲菲,家庭主妇。

19点

我叫周梦。

今年二十八岁,是一个程序员。

对,就是传说中穿着清一色格子衬衫,网络戏称"青年996,中年ICU"的那种。

091

就在今天凌晨，我完成了近期最大的一个项目。在连轴转了一个多月，熬了不知道多少个通宵之后，我带领的小团队总算把现在的这款程序完成了。不仅仅是运行计算的完成，还包括数据建模和试运行。简单地说，现在它已经可以推广上架，被所有人使用了。

但更诡异的事情就发生在了这一天。

我陷入了循环日。

就像是电影《忌日快乐》和《土拨鼠之日》，在结束了项目之后，我补了一个好觉醒来，却发现又一次回到了项目完成的当天。

我在不断地重复着完成项目的这一日。

一开始我其实并没有发现，直到最近这段时间，我总觉得我所做的事、见到的人都似曾相识。不经意之间我的脑海里出现了一个念头，也不知道是记忆或是猜想，下一秒这个一闪而过的念头就真实地出现在了眼前。

比如现在，我坐在小区公园里，这些笔记本里的内容都发生了一次又一次，虽然只在我的记忆里。

当然，一开始我也经历了迷茫和惶恐，试图改变什么从而跳出怪圈，但在一次又一次的失败之后，我意识到想要跳出这个循环日，首先要搞清楚为什么自己会陷入这个循环日里。

因果循环，如果没有因，就不会有现在的果。

而找到这个源头，并不能只简单地考虑自己。所有发生的事情，无论大小，即便是不经意间的一个路人，都有可能是改变结果的因素。

我合上了笔记本，起身离开了公园。

虽然我不知原因地进入了这个奇怪的循环日，但是每天醒来的时候都已经黄昏了，而且在我的记忆里，最清晰的内容就是在公园里的这一个小时。我有感觉，陷入循环日的原因就在公园的这一个小时里，而这一个小时里出现的四个人中，一定有什么线索。

回到家之后，我坐在电脑前，看着笔记本的同时给自己点了一根烟。书桌上的台历夹着一张便签，上面写着数字17，虽然等我再次睡醒后这张便签就会消失不见，只剩下台历，但至少在循环日之中，我的记忆是连贯的，所以这张便签上的数字每天都在累加。

除了这张便签之外，我醒过来的第一件事就是在这个笔记本上写下这几个人名：张鹏、赵大海、徐娜、黄菲菲。

根据我这几天的调查，我对这几个人也有了一定的了解。在循环日里，只有我一个人拥有连续的记忆，而且意识到了自己在重复同一日，我遇到的所有其他人都没有。所以只要这一天再次重置，他们没有人会记得我，或者记得和我说过的话、做过的事。可以这么认为，只要我还在循环日里，我就拥有无限的试错机会，直到找到我想要的东西。

比如说，通过小区里那些热心的阿姨和大伯，我就掌握了这几个人的基本信息。

　　张鹏，四十二岁，在证券公司上班，不过自从金融风暴以后，股市一直低迷，各个公司都刮起了裁员风暴。第一波的裁员他侥幸逃脱了，却没有想到还有第二波。张鹏的妻子是医院里的护士，工作时间不固定，他们有一个儿子，今年十五了，刚好要中考，正是最关键的时候。张鹏是家里的顶梁柱，车贷和房贷都是不小的开支，加上上初三的儿子在这一年里又增加了不少的补习班，费用都不低，原本就已经过得有些拮据。这下他被裁员，家里断了一大半的收入来源，想想都让人觉得困难。

　　赵大海，四十岁，是汽车机修师傅，年轻的时候混过社会，砍伤过人，坐了三年牢，老婆很早之前就过世了，有一个读高一的儿子赵小龙。父子俩的关系并不算和谐，而且赵小龙无心学业，经常逃课打游戏。不过，赵小龙似乎有些游戏上的天赋，听说他之前参加了一个什么比赛还拿了奖，有专门的俱乐部想要签他当职业选手来着。当然赵大海肯定是不同意的，甚至觉得赵小龙是玩物丧志。

　　徐娜今年二十九，是个白领，工作和收入都很不错，属于那种走到路上都会被人多看几眼的类型，不过也难免被贴上"剩女"的标签。谁都知道徐娜读大学时曾经有个男友，两个人在学校里也算得上是才子佳人，有过一段佳话。但是因为徐娜家里人反对，两人最后还是分手了，在那以后徐娜就一直没有再恋爱。看起来，那个让她念念不忘的前男友，早就走出了这段感情，并且开启了新的人生。

至于黄菲菲，她是一个全职太太，今年三十三岁。家里有两个孩子，大的六岁，小的一岁。她的丈夫早些年创业成功，自己经营着一家公司，早出晚归，应酬不断。家里的所有开销都是她的丈夫在承担，黄菲菲就像是网上说的那些全职太太一样，一天24小时全都围着孩子和丈夫转，根本没有自己的时间和自由。

可以说，这四个出现在公园里的人，被我看到了他们最灰暗的时刻。

我弹了弹烟灰，长叹了一口气。烟蒂被按在烟灰缸里的同时，我碰到了鼠标，电脑屏幕因为这一下的扯动亮了起来，光标停在了一个没有命名的文件夹下方。

这引起了我的注意，我皱起眉凑近了屏幕，发现一直以来自己都没有注意到这个文件夹。因为没有重新命名，我一直以为是个空的文件夹，这会儿鼠标移过去的时候跳出了文件属性框，看这个存量，里面是有不少东西的。

鬼使神差地，我点开了这个文件夹。

第二章·极乐世界

你有没有想过，人死了之后会发生什么事情？

心脏停止跳动，全身的血液循环停止，不再有氧气供给，大脑神经元逐渐死亡，就像是一个电灯泡逐渐断电，从最亮的状态慢慢变暗淡，电压持续下降，直到"滋滋"之后，完全黑暗。

人死后的世界是怎么样的？人的灵魂真的会脱离肉体消失不见，还是进入另一个我们所不知道维度的世界里？

我想过。

死亡不应该是一个终点，它应该是一个起点。

未来科技的发展方向是什么？这个命题出现在各个科技公司的每一次重大会议上。有些人觉得人工智能会逐步融入人类社会，实现巨大的覆盖和替代；有些人觉得大数据时代已经来临，所有的一切都可以用数据和运算来表达；也有人认为，当生物学和人工智能完美融合的时候，人类或许就能实现永生。

我的想法和他们不一样。人的生命是因为有限而显得珍贵，正是因为有所遗憾和无法得到，才会让人不断反省和进步。一旦实现了永生，人性中灰暗的一面就会被无限放大。自私也好，贪婪也罢，都会因为永生而翻倍释放。

所以我要创造一个新的世界，一个死后的世界。

从生物学的角度来说，人死亡的标准是脑死亡，而脑死亡的根本就是那些活跃的神经元都不再释放神经递质，就像是原本一直在跑运输的高速公路逐渐堵车，直到所有的车辆都停了下来。生物学的观点认为，人类所有的思想本质都是应激反应。但至今生物学也没能解释，为什么人类终其一生所能开发的大脑范围只有10%，剩下的90%都做了什么呢？

有人说，人脑是一个黑盒子，丢进去一个信息，它就会产出另一个信息，没人知道这个黑盒子是怎么运转的，为什么同样的信息经过不同的黑盒子就产出了不同的信息。

生物学没法解释的另一个东西，叫作意识。

判断一个人是否死亡，我觉得应该以他的意识是否还存在为标准。

意识产生于大脑，却也可以脱离大脑。

如果我们拥有一台机器，可以模拟大脑神经元的活动，只要把原本人脑上在运行的意识引流到这台机器上，我们就可以实现人体死亡后的意识永存。唯一的弊端是，机器加载的是个既定程序，它不可能像人脑一样不断地更新成长，产生新的应激反应，机器只能做到永恒的重复。

什么人会想在肉体死亡之后以这样一种形式继续活着，甚至他本身都不知道自己还活着呢？

这像是一个被无限美化的精神乐园，但换一种角度来看，也可以是一间永恒的记忆牢房。

极乐世界。

这就是我为那些人创造的，死亡后的"楚门的世界"。

第三章 · 重生

"极乐世界，一个让你永远活在快乐之中的世界，无论是一分钟、一小时，还是一天、一年……只要截取你最想要的那段记忆，就能让你永远活在这短暂而又漫长的幸福时光中。我是齐欢，欢迎你来。"

17点

作为"极乐世界"的创造者，在这项技术上市后我面临着两种极端评价。一些人认为我违背了自然规律，违背了道德感，违背了一切法则；而另一些人则十分感谢我，因为他们的亲人和朋友虽然肉体死亡，但却以另一种方式不自知地活着，而他们还能通过窥视镜看见活在记忆里的那个人的意识，对他们而言这是一种莫大的安慰。

在夜深人静的时候，我偶尔也会打开连接着主机的窥视镜，看看那些活在另一个世界里的"人们"，而他们每个人的资料，我都背得滚瓜烂熟。

比如现在这个垂头丧气站在楼道里的中年男人，他叫张鹏。他的意识是由他的儿子亲自签字后连接到了"极乐世界"的。

我还记得我见到活着的张鹏时的情景。

当时的张鹏已经被连上了呼吸机，只能靠往鼻胃管里注射营养液来维持生命，原本一百四十几斤的张鹏现在干瘪消瘦，盖上被子根本就看不出来里面有人。

"我们已经放弃治疗了，我不想我爸再受苦。"他儿子张志闻是在重症监护室门外对我说这番话的，随后他签了同意书，支付了一大笔钱。

"连接主机之后，会根据他的潜意识选择他最为深刻的记忆，并且在那段记忆里不断循环，直到合约期满。"我小心翼翼收好了合约并解释道，"家属每个月都有两次探视的机会，但是不会和他产生任何交流，只能从窥视镜里看到他重复的记忆。"

"嗯……就麻烦你了。"张志闻看了一眼被隔离在房间里的张鹏，平静地回答道。

那时候的张志闻四十五岁，张鹏七十二岁。张鹏因为多次脑出血后神志不清，长期住院造成了身体各项机能的衰退，下了两次病危通知书，只能依靠仪器维持生命。

当张鹏的中枢神经和"极乐世界"连接的时候，我看到他的眼睫毛颤动了一下，似乎流下了一滴眼泪。同时窥视镜里有了画面，他出现在了自己的家门口。

17点10分

"极乐世界"的费用很昂贵，事实上，一开始公司推广的时候，定的目标客户就是那些有钱人。但我却没有想到会碰到赵大海这样的客户。他没有钱，至少没有足够的钱。

见到赵大海的时候我甚至没有觉得他是一个会购买"极乐世界"服务的客户。他穿着一件看上去极其不合身的西装，布料都有些掉色，一看就很廉价；皮鞋也不合脚，鞋子边缘都有些裂开。就是这样的赵大海，卑躬屈膝又死缠烂打地在公司门口堵我，堵了整整一个月。

"我和你说了很多次了，我们不是做慈善的，收费公司都是有规定的，你缠着我也没有用。"我实在受不了被赵大海像幽灵似的跟着了，对着他毫不客气地说道，"既然你没钱，就别来了。这不是你消费得起的。"

"我知道我知道。"赵大海并没有因为我带有羞辱性的话语而愤怒，反而觍着笑脸弓着背附和着，"我没有想不付钱，只是现在我没有那么多，我以后会赚的，只要赚了钱都给你们，但是我儿子真的不能等了，再等下去他就真的死透了。求求你，我一定会慢慢还给你们的，求求你了！"

我看着跪在地上不断磕头乞求的赵大海，不得不承认有那么一点心软和心疼。为人父母，的确很不容易。

"我说过公司有明确规定，我没有办法。"我叹了口气，"不过，还有一个别的办法，不知道你愿不愿意……"

"什么办法？只要能救我儿子，什么我都愿意做！"赵大海听我一说，立马抬头，眼睛发着光。

"什么都愿意做？如果要你陪着他一起死呢？"我问道。

赵大海原本喜悦的脸就这么僵住了，他直勾勾地看着我，似乎没有想到我会这么说，或者他也没想到代价是这个。我看了他一眼，原本柔软下来的心又坚硬了起来，面对生死的时候，人的本能都是自私的，这是天性。

我转过身准备离开，却发现赵大海拉住了我的裤脚。

"我死了以后，你们一定会救我儿子的对吧？"

我转过头，看着一脸沧桑苦笑着的赵大海，他满脸颓然，却似乎松了一口气，双手就这么紧紧地攥着我的裤脚，像是要把它扯破一般。

"也不是让你死，严格来说，你要和你儿子一样，进入极乐世界里。只不过他的肉体是死亡的，只有意识存在，而你的肉体还活着，由各种机械维持活性。"

"没关系！只要他还能活着！只要他还活着……"他的头逐渐低了下去，声音变得哽咽。

三天之后，赵小龙和赵大海的大脑同时连接在了"极乐世界"上。只不过赵小龙是作为用户，机器会根据他记忆的深刻度提取出他的记忆，而赵大海却是作为志愿者进入机器世界里的，他在极乐世界里的一切都会变成我们的研究数据。

人类的真实意识和电子大脑中枢同时运行的话，会对意识和记忆有什么影响？这就是我需要赵大海的原因。

窥视镜亮起来的时候，数据员惊叹了一声。

"咦?"

我看到赵大海和赵小龙两个人的画面,完全是一模一样的,只不过是两个人的视角而已。我看了一眼隔离舱里正在进行神经阻断的工作人员,那里躺着赵大海和赵小龙两父子。

在生命的最后时刻,这对父子却不约而同地选择了同一段记忆,还真是默契啊。

17点30分

王佳柔女士是一位医疗界的泰山北斗,当"极乐世界"刚刚推出试行的时候,她就是极力反对的一员。她认为这项科技违背了自然,当然也侵犯了人的隐私。但我没想到的是,不过短短一年的时间,她竟然转变了态度,甚至成为了我们的客户。

她要接入"极乐世界"的是她的女儿,徐娜。

你很难想象,这个强势又固执的小老太太坐在我的办公室里,颤抖着手签下了同意书的时候,我的心尖都颤动了起来。王佳柔女士已经六十五岁了,应该是享受退休生活的最佳年龄,却没有想到要白发人送黑发人了。

"她……一进去,我就能知道她循环的记忆吗?"王佳柔放下手里的笔,把同意书缓缓推到了我的面前,犹豫着问道。

"一般来说是的,只要接入主机,从窥视镜中就能看见她的意识画面。"我点点头。

"那……是随机的吗?她的记忆里会有什么?不会有任何痛苦是吗?"她立马急迫地追问道。

"按照目前的技术,她会选择最想保留的那段记忆,但至于这段记忆里有什么,她为什么会选择这段记忆,我们也不知道。"

王佳柔的眼眸黯淡了一下,没有再说什么。

第二天,徐娜的大脑就和"极乐世界"的主机连接上了,是王佳柔亲自拔掉了连在徐娜身上的呼吸机。当心电监护仪上的心跳变成一条直线的同时,窥视镜里的画面也逐渐清晰了起来。

二十九岁的徐娜踩着高跟鞋,走路带风似的站在了一家酒店的门口,那儿竖着一张海报,是婚宴。徐娜看着海报,拨了拨自己的头发,像一只开屏的孔雀似的走了进去。

18点

王毅君是在他的一对子女的陪同下来到我们公司的,他已经是八十岁高龄了,大部分的时间都需要坐在轮椅上,但却还是坚持要自己来签同意书。

他要接入"极乐世界"的人是他的妻子,黄菲菲。

"今年是我们结婚五十周年,可惜她已经醒不过来了。"王毅君咳嗽了两声，一脸温柔地抚摸着一张发黄褪色的老照片，上面是一家四口，应该就是王毅君和黄菲菲，还有两个孩子。大的大概四五岁，小的还抱在怀里。

"虽然后来我们也拍了很多照片，可我还是最喜欢这张照片。"王毅君睁了睁眼睛，叹了口气说道，"那两年我们过得不容易。她为了照顾家里就不工作了，生病的老人，半大的孩子，琐碎的家务，她可不比我轻松。我知道，她心里一直都有怨的。"

"爸……"王毅君身后的男人忍不住出声。

"我知道，我都知道。你妈她苦了一辈子，怨了一辈子，可什么都没说。"王毅君收起了照片看向我继续道，"活着的时候是我对不住她，这辈子到头了，我希望她也能体会体会属于自己的快乐。"

"您都想好了吗？"

"嗯。"王毅君点点头，"我猜，她这辈子最想回去的，就是没遇到我之前的少女时期吧。"

他眼角隐隐含着泪，颤抖着手，一笔一画地在同意书上慎重地写下了自己的名字。

18点整，黄菲菲的大脑接入了"极乐世界"。

躺在病床上的黄菲菲已经是个白发苍苍的老婆婆，脸上满是褶皱还有老年斑，完全看不出照片上那青春活力的模样。据说，黄菲菲处于脑退化症后期，已经丧失了自主能力，就像是个刚出生的婴儿一样。

窥视镜中画面清晰起来的时候，王毅君颤抖着从轮椅上站了起来，紧紧地盯着屏幕。

出现的是三十几岁的黄菲菲，她坐在窗户边上，看着窗外。

"啊！竟然是……"王毅君看到画面里的黄菲菲，忽然有些失态，跌坐在了轮椅上，老泪纵横。

第四章·程序

人脑是一个很复杂的迷宫，而人的记忆就是被藏在迷宫里的宝藏。

有时候会忽然意外获得宝藏，有时候需要破解线索才能找到放着宝藏的箱子。这就是有时候为什么我们会忘记一些东西，但凭借着一些外物又能够回想起来的原因。

比如现在，我在看完了那个没有命名的文件夹里的内容之后，终于想起来为什么自己会被困在这一天里了。

"极乐世界"，这个将肉体死亡后的大脑意识转移到电子运行大脑上的神奇科技，正是由我创造出来的程序。我费尽心血终于完成的程序，就是此刻我所在的这个"世界"。

作为编程人员，我必须对自己的创造物负责，所以我把自己的大脑也连接进了"极乐世界"里，为的就是测算，以防止在这个世界里用户的"意识"脱离了设定，发现这是一个循环的世界和被创造出来的虚假世界。

  而我之所以会发现，是因为我的大脑还有自主意识，它会继续影响我的思维和记忆，让我发现这个事实，然后从这个世界里醒来。因为在编写"极乐世界"的时候，我没有设定返回的程序，那些进入"极乐世界"的意识，是不会回去的。

  除此之外，我还想要亲自确认一件事。

  那些在"极乐世界"里的用户，是不是真的像我创造这个程序的初衷一样，活在自己最快乐的回忆里，永远幸福。

  而这个文件夹里所记载的，就是真相。

  我心满意足地躺在了床上，闭上了眼睛。我已经找到了循环日的起源，等我再次睁开眼睛的时候，我就会从真实的世界醒来，还是那个编写了"极乐世界"程序的核心研发者，周梦。

  我这么想着，陷入了睡梦中，意识逐渐消散。

第五章 · 自白

张鹏

  我叫张鹏，四十二岁。

  在一家证券公司上班，做了快二十年，混到了部门主管的位置，却在一夕之间收到了人事部的解聘书。中年社畜没有尊严，房贷和车贷要钱，儿子读书要钱，老人看病要钱，每天睁眼闭眼脑子里除了钱还是钱。失业，就意味着没钱。

我不知道应该怎么告诉我的家人，我失业了。我的妻子是一名护士，不仅要倒夜班，还要照顾我们一家的饮食起居，特别是今年儿子要中考了，所有人的精神都高度紧绷。上个月她刚说儿子的语文和英语还是要加强一下，又报了两个一对一的课，2小时380块一门，共15次课。

"怎么了，身体不舒服吗？吃这么点儿？"妻子看着我问道，同时儿子也放下了手里的碗筷。

我回过神，看着他们，如鲠在喉。我放下了手里的碗筷，叹了口气道："老婆……我不知道应该怎么说……你也知道这两年金融危机，去年我们公司大裁员……"

"爸，你是不是被裁了？"儿子突然打断我问道。

我一顿，不知道应该怎么回答，只能艰难地点了点头，一瞬间我觉得两只眼睛都湿了。

"裁了就裁了呗，一时半会儿又饿不死。"妻子语气轻松道，"吃饭。"

我低着头，扒完了碗里的饭。

晚上妻子坐在床上，拿着纸笔和手机不知道在写什么，看到我走进来之后抬头看了我一眼，说道："老张，我算过了，还好之前咱们房贷和车贷的月供不高，加起来差不多5000，算上生活开销，咱们勒紧裤腰带省一点，靠我的工资应该还行。

就是儿子现在的培训班和上课费用有点大,我想着要不咱把车卖了,这样油钱车贷都没有了,还能一下子有笔钱。你爸身子一直不太好,总得有点积蓄才好。"

我怔怔看着她,不知道应该说什么。

"愣着干吗?舍不得你那小老婆啊?"妻子见我没回答,抬头看我,推了我一把,"知道你宝贝那车,等找到工作后面宽裕了,再买呗。"

"老婆……"我眼眶一热,不知道应该说什么。

"爸,妈。"这时候,儿子突然推门进来了。

"怎么了?"妻子问道。

"那个课我不上了,其实我就是懒,自己多背背书成绩就能上去的,不花那个钱了。上两个一对一,得一万多呢。"儿子说道。

"那不行!现在最重要的就是你的中考!"

"现在最重要的是爸!"儿子提高了声调,"我说了我自己能搞定。你不常说,钱要花在刀刃上吗?爸这工作不好找,得在家里待一段时间呢,多备点钱不是坏事。就这样!"

儿子一股脑儿说完,转身就跑了。

那天晚上,我失眠了。

不是因为失业的惶恐和迷茫,而是因为我拥有的远比我失去的更厚重。我转过头看了看睡着的老婆,她还皱着眉。我伸手,缓缓抚平她的眉心。

"都会好起来的。"

赵小龙

我叫赵小龙，十六岁。

一周前，我收到了某电竞俱乐部的合同，他们希望我能和他们签约，去当职业的电竞选手，但是我还没有想好。因为我爸从来不支持我搞电竞，他觉得那是不务正业。

他迂腐，没文化，暴躁，总之不是什么好人。我听过他不少事儿，年轻的时候混社会，砍了人坐了牢，现在只能当个修车工。他喝酒抽烟，一喝醉就骂骂咧咧。就是这么个混球，我妈却一直告诉我，我爸是个好人，是个真男人，让我不要恨他。

我一直试图理解他，但在他第十九次摔了我的游戏机对着我破口大骂的时候我忍无可忍了，我骂了回去。

"你整天除了喝酒和骂我你还会做什么！你管过我什么了，整天在这儿装什么好爸爸！要不是你，我妈就不会死！要不是你，我会被人说有娘生没娘养吗！"

我看到他原本气得通红的脸明显变得苍白了，心里有种说不出来的畅快。那天晚上我没回家，钻进了一家网吧里打了通宵的游戏。

第二天天亮后我走出网吧，却被一群人堵在了巷子里。

"就是你啊,一晚上连杀我两级!"领头的男人叼着烟,一脸暴戾。

"游戏而已,技不如人就多练练。"我不服气道。

"哟呵,小兔崽子挺狂啊。"他轻笑一声看了眼后面的其他人,"行。老子今天就废了你的手,看你怎么狂!"

他从后腰拔出一把水果刀晃了晃,我心头一凉。

赵大海就是这时候出现的,在那把刀子快要碰到我手腕的时候,他一把握住了刀子。他的血一滴一滴落在了我的手上,有些烫。那是个我从来没见过的赵大海,他的眼神凶狠得就像是一匹狼,一匹饿极了不要命的狼。

他把那几个人吓退了,好一会儿才松开了握着刀子的手,把我从地上扶了起来。他没有说话,就这么看着我,好像从来都没有看过我似的。

"你……"我迟疑着开口。

"想去吗?"他忽然问道。

"什么?"

"那个什么俱乐部,专门打游戏的。"他说着,用那只没伤的手从衣服里头的口袋中拿出了那份合约,低着头看了好久。

"想。"我咬了咬牙回答。

"你妈以前,希望你能当个医生,或者老师。她说,医生和老师受人尊敬。"赵大海的声音有些哽咽,"你不要像我,活得像摊泥。"

我一愣，没有想到赵大海会说这样的话。我忽然想起那时候我妈抱着我坐在露台上乘凉时说的话，她说："你爸爸其实是个好人，只是不太会说话。"

"走吧，先去医院，你手伤了。"我接过了他手里的那份合同，"当医生的话，要花很多钱的，你手废了就没法赚钱给我交学费了。"

赵大海一怔，僵硬地抬起头，不可思议地看着我。我伸出手，犹豫了一下，拍了拍他的肩膀，把那份合同放在了他的手里。

徐娜

姜凯是我的初恋，我们在一起很多年，但是最后还是分手了，因为我妈——王佳柔女士的坚决反对。和姜凯分手以后我一直都没有再恋爱，一心扑在了事业上，我没忘记他，一直都忘不了。

随着年纪变大，家里开始催婚，我总是有许许多多的借口，直到我收到了姜凯的婚礼邀请。

他要结婚了，可是新娘却不是我。

我收到消息的那天，王佳柔女士还一如既往地给我打电话催婚，给我安排相亲对象。我一晚上都没有睡着，但我决定要去参加姜凯的婚礼。

只不过我没有想到，王佳柔女士也出现在了姜凯的婚礼上。

"妈，你怎么来了？"

"姜凯让我来的。"王佳柔女士晃了晃手机，里面是姜凯发给她的婚礼请柬。

"他让你来干什么？你们什么时候关系这么好了？"我压低了声音在她耳边问道。

"可能就是为了多收一份红包吧。"我妈微笑着，一副优雅端庄的模样。

这时候姜凯带着他的新娘走了过来，和我们俩打招呼。

"这就是娜娜姐和娜娜妈妈啊，姜凯一直说娜娜姐和娜娜妈妈都是气质美人，跟不沾凡人烟火的仙女儿似的，这么一看还真是。"新娘笑着说道，"姜凯这个凡夫俗子，真是受娜娜姐和娜娜妈妈的照顾了。"

我听着这话怎么夹枪带棒的，看了一眼姜凯。他倒是一点感觉没有，依旧笑着看着新娘，我忽然就有些明白为什么王佳柔女士之前一直不喜欢他了。

"小姑娘嘴巴真甜。"我妈淡然地笑了笑，"长得和仙女一样也没有用，还不是得按着俗理，添个红包沾沾喜气。"

"阿姨怎么这么客气，人来了就好了，有阿姨和娜娜姐这样的美人来，我已经很高兴了。"

"这样啊，那还真是挺客气了。"我妈看了我一眼，从包里拿出了一个大红包，又转向了姜凯，"老话说女婿算半个儿子，可你也不是我女婿，我来这儿也不太合适，不过徐娜要来，说好歹你们也是大学同学。不过我好像听徐娜说，她之前发消息祝福过了是吧？"

我明显看到姜凯和新娘的脸色一僵。

"徐娜，不是我说你，结婚红包能发个消息了事吗？当然要亲手给才有诚意。不过你发都发了，又不能让人家退回来重新包，要不是我知道，这会儿送了两个人家回头还要退，多麻烦，这不给人添乱吗？"王佳柔女士似乎真是生气了，对着我骂骂咧咧的，又扯了扯我的衣袖，"还不进去坐着，杵这儿当挡板呢！"

我就这样稀里糊涂地被我妈拉进了宴会厅，坐了下来。

"妈……"我凑近她开口。

"别说话，给我端着。"她嫌弃地看了我一眼，"换身衣服就想来砸场子了？你不看看那个小姑娘嘴巴多厉害呢，靠你一个人，可拉倒吧。"

"你是给我来撑场子了？"

"废话！当初我是怕你伤心才没告诉你。我医院同事告诉我，看见姜凯陪着别的姑娘去做人流。这种男人能要吗？送给我我都不要！"

我一愣，没想到王佳柔女士一直坚决反对的真相是这样。

"就你个傻姑娘缺心眼儿，我能不了解你？这小子结婚了你估计还苦哈哈地躲起来哭了一场呢，给我拿出点傲气来，今儿有你妈在呢。"

我忽然心里一暖，眼眶一酸。

"没谈恋爱也没关系，活得开心就好了。"我妈转头看了我一眼，拍了拍我的手背说道。

我看着这个快要 60 岁的小老太太，觉得世界都安静了。

黄菲菲

我快要疯了。

家庭主妇，全职太太，我真的太累了。

我想要逃离这样的生活。六岁的儿子顽皮淘气，整天闯祸，和猴子一样，总能在几分钟之内把我用几个小时打扫干净的房间弄得一团糟；一岁的女儿刚刚学会走路，磕磕绊绊，可是又充满了好奇心，什么都想玩一下。家里所有危险的东西都已经被收起来了，可她还是能自己发掘新的危险，比如拿纸片割手，用塑料包装戳眼睛……

孩子们的爸爸也指望不上，正在创业初期，忙得焦头烂额，应酬也多，回来常常只是一通抱怨，根本不关心我这一天发生了什么。我每天睁开眼睛就是孩子的哭闹，闭上眼睛还是孩子的哭闹，我快要疯了，我活不下去了。

我想要解脱。

我大哭了一场，坚定了自杀的念头。

晚上六点，老公还没有回来，也不知道什么时候回来。打开家门，一片狼藉，儿子在疯跑，女儿坐在沙发上拍手大叫，一团糟。可我已经没有力气管他们了，我走进了自己的房间，关上了门，爬上了窗。

临死之前，我想再吹一吹风，听一首喜欢的歌。可是，我连这样的自由都没有。因为歌都没放完，儿子就在拍门，不停地叫着"妈妈"。

算了，最后一次了。我这么想着，从窗台上下来，拉开了门。

儿子站在门口捧着一个蛋糕，笑嘻嘻地看着我，女儿就站在他后面，手上还有奶油。

"妈妈生日快乐！"儿子咧着嘴大声喊道，"妹妹要偷吃，被我凶了，你不要凶我。"

我一愣，没有想到儿子居然准备了这样的惊喜，忽然觉得腿一软，坐在了地上，捂着嘴哭了起来。

"妈妈你怎么哭了……我不是故意凶妹妹的……"儿子忽然慌乱了起来，一脸不知所措。

"没事，妈妈是高兴才哭的。"我擦了擦眼泪，把蛋糕接过来放在了地上，抱住了儿子。

"爸爸说，妈妈辛苦了，他今天去买菜做饭。他说要我们等吃饭了才能拿蛋糕，妹妹想吃了，我就……先拿出来了。"儿子一边憨笑，一边喋喋不休道，"妈妈你吹蜡烛吧，吹完就能切蛋糕了，我也想吃。"

"好，妈妈切蛋糕。"我点点头，松开了儿子。

这时候家里的大门打开了，我看见我的老公，一手拎着大大小小的袋子，一手拿着钥匙，一脸诧异地看着我。

"这小馋猫，我才出去一会儿就憋不住了……"他看到了地上的蛋糕，立马知道发生了什么，"老婆，本来是想给你个惊喜的……生日快乐。"

我笑了，点点头。

"那……我先去做饭了，你先吃蛋糕吧。"他挠了挠头。

"我和你一起吧。"我站起来，拍了拍裤子。

"那最好了，嘿嘿嘿。"

第六章·现实

老人看着窥视镜里的这一切，面色沉重，一言不发。直到画面变黑，他才闭上了眼，定了定神。

"至少，他很快乐。"老人缓缓道。

"是的，他的研发很成功，无论是在这个世界，还是在那个世界。"我点点头。

老人站起来，拍了拍我的肩膀，转身离开了。他明明只有五十二岁，看起来却像个七十岁的老人，或许是因为周梦的死对他的打击实在是太沉重了吧。

我是齐欢，现在是"极乐世界"的运营者，也是周梦的好友。周梦，就是那个创造了"极乐世界"的人，他创造的"极乐世界"的确帮助了许多人，只是他自己不知道而已。在这个程序开发成功的那天，他因为过度疲劳而心脏骤停，虽然及时抢救了，却成了植物人。

刚刚那个老人，就是他的父亲。

在他成为植物人的第二年，我把"极乐世界"推向市场，在这几年里，我遇到了形形色色的人，接入了许多意识到"极乐世界"里，但我始终没有让周梦进去。因为我不想他最后的记忆里对于"极乐世界"的记忆是一片空白，我希望他能看到他想要的那个极乐世界。

死掉的大脑只有固定的记忆，但活着的大脑可以影响记忆。

所以，我想到了办法，引导他去发现他创造的这个新世界。

当然这一切，都是对外的美化宣传而已。

事实上，周梦创造"极乐世界"的初衷是为了那些无法接受亲人离世的人，给那些死去的人一片永恒乐土。而我却认为，这将会是一个崭新的世界，就像是电影《盗梦空间》里那样，把一个想法层层植入到一个人的大脑之中，他就会把这种外来的想法变成自己的潜意识。

当然，周梦是个天真而善良的人，他肯定不会同意我的做法。所以，我用他创造的"极乐世界"给了他一个最美好的梦境，也是他最想要实现的梦。

窥视镜里的画面又逐渐亮了起来,我知道周梦的记忆被重置了,再次从头开始。我看了一眼密封舱里躺着的人,他全身插满了各种导管,心电监护仪上还有心跳,只是他的大脑连接着不同的线路,而线路的尽头就是"极乐世界"的主机。

"祝你有个好梦,周梦。"我对着他轻声说道。

尾声

如果,我是说如果,当你醒来的时候,发现你在重复着同一天,你会怎么办呢?

我叫周梦,二十八岁,是个程序员。

我陷入了循环日中。

END

谜题1

本故事内的关键数字线索是?(提示:两位数,跟循环有关。)

谜题2

解锁道具·周梦的"脑部窥视镜",请走出他的大脑迷宫。

迷雾

再多的世界,都不是你的世界,
再多的你,都不是你。

黄耕星

迷雾

一个行文诡谲、不按常理出牌的作者，致力于高智商悬疑烧脑故事的研究与写作。目前运营故事公众号：子夜旅馆。出版有纸上互动解谜游戏书《守夜人》。

文/黄新星

0

一花一世界，一叶一如来。

1

一艘小船在浓雾弥漫的大湖上缓慢行驶，它原本迷失了方向，只能随波逐流，直到前方出现了火光，才坚定地朝着火光处驶去。后排划船的郑明有些后悔，好好的旅游居然成了探险，湖大雾浓，万一找不到回度假村的路怎么办？他埋怨地看了一眼船头的李强。大块头就是大块头，做事冲动没脑子，可偏偏自己的女朋友俞晓红喜欢附和他。看，此刻两人在前方有说有笑的，不知情的还以为他俩是一对呢！

郑明心里憋屈，但毫无办法。俞晓红长得漂亮，异性缘从来就很好，况且李强是她的高中同学，人家有深厚的同窗基础，自己能说什么呢？他还记得第一次把同事李强带到家里吃饭时，俞晓红高兴得像是跟失散多年的前男友久别重逢一样。当晚他跟晓红抗议，谁知晓红一句话就把他搪塞过去："得了吧，我要是跟阿强能来电，早就没你什么事儿了！"

郑明很忧愁，因为他知道这种 Flag 是出轨电视剧里的女主角最喜欢立的。

抬头叹气，感觉白雾变绿了一些。

"怎么，累了吗？"方芳在一旁怯怯地问道。

郑明赶紧摇头，加快了划桨的速度。

方芳是李强的女朋友，一个害羞腼腆的小姑娘，毕业三四年了还剪着学生头，一副永远长不大的样子。也不知是从什么时候起，四人聚会的时候，方芳便喜欢坐在郑明身边，默默看他。好几次李强都开玩笑说："哟，还是咱郑先生有吸引力！郑先生，要不咱们换个对象吧！"

每次郑明都会急冲冲地回骂一句滚蛋，可让他失落的是，一边的俞晓红却只是捂着嘴呵呵笑个不停。"绿茶……"他心里想骂，但又骂不出来，是啊，毕竟是自己的女朋友，怎么能骂出那个字呢！

相对于俞晓红的光鲜靓丽，郑明长相一般，体型又瘦弱，工资也不高，唯一的优势就是脑子好使一点，但这在俞晓红看来，却是一个缺点，因为她说："你这不是聪明，而是想得太多！"

想得太多，真是一句万能答复，特别是在一段不公平的感情里。所以当郑明在度假村看到李强的时候，不怒反笑道："哈哈，还真巧啊，不会是晓红约你一起出来度假的吧？"

李强点头："是啊，她没有告诉你吗？"郑明扬着脸，一副满不在乎的样子："哈，说没说又有什么关系，我是不会想多的！"

甘愿跪在尘埃里的人，一定是自卑的。

郑明毫不否认这一点，但此刻，在这个大湖之上，他却充满自信，因为四个人中，只有他会游泳。他甚至会不负责任地幻想，如果此刻翻了船，他把惊慌失措的俞晓红救上岸后，晓红看自己的眼神会不会不一样。

船越往前走，雾气越浓，隐约间，前方出现了岸。这是到哪儿了？没有人知道。

"要不要过去看看？可能是一个很有趣的小岛，符合咱们这次探险的目的。"李强回头问道。郑明摇头："这种未经开发的岛屿，蛇虫鼠蚁很多，我觉得咱们还是别上岸了，就在这里待着，打个电话给度假村的老板，让他开船来接我们吧！"

方芳点头附议。李强看向俞晓红，这次俞晓红也没有站在他这一边，说道："就按郑明说的做吧！"

郑明刚掏出手机，突然看见水里伸出一双手，把船边的方芳拉下了水。他急忙起身，见李强和俞晓红也起身冲了过来，想制止，但是来不及了。三个人都站在了船的同一侧，那双拉人下水的手再一次出现，它抓住船沿用力一按，本就失衡的船立马翻了下去。

掉入水中的郑明本想去救人，脚却突然被人握住，把他不停往下拉……

2

郑明是被腥味扑鼻的湖水拍醒的，他从沙地上爬起来，发现其余三人像死鱼一样搁浅在岸上。一个一个叫过去，所幸大家在咳出几口湖水后，都无大碍。几人正暗自庆幸，郑明却皱起了眉头，他发现船不见了，所有人的手机也因为进水而损坏，这就意味着他们被困在了这个地方。

这是一个闷热的小岛，岛上雾气浓厚，能见度极低。好在前方有一颗大树，树下有一堆生好的火，火边还有几个铁罐子和铁碗，四人便以火堆为营地，在旁边捡了些蘑菇煮汤喝。

看天色已是下午，早上从度假村乘船出发后大家就一直没进过食，现在早饿坏了，几口蘑菇压根吃不饱。但谁都没有出声，只是安静地喝着寡淡的汤，心事重重。

"我有很多野外生存经验，所以大家不用怕，就当是探险了！"李强终究最不甘寂寞。

郑明抬头嘲讽道："不是你提议乘船游玩，我们也不会被困在这里，你所谓的探险，非得把我们害死不可！"

"郑明你什么意思？"李强把碗一摔，"怪我？怪我你别厚着脸皮上船啊！"

郑明冷笑道："我厚着脸皮上船？我要是不跟来指不定你跟晓红能干出什么事呢！"

"郑明你说什么呢？"莫名中枪的俞晓红也生气了。

"哎呀，都……都少说两句吧！"方芳细声细语地劝架，但没有人当回事。

李强起身，指着郑明的鼻子："信不信我揍你？"

郑明梗着脖子仰起头："呵呵，恼羞成怒要打人，说明我说中了！"

李强扬起拳头，停了一瞬，打还是不打？心中本有短暂犹豫，但见郑明那副强装硬汉的欠扁样子，气就不打一处来，拳头便挥了过去。

郑明被捶倒在地，头撞翻了铁锅，热汤浇在脸上，痛得打滚。

啪的一声，俞晓红扇了李强一耳光："我男朋友轮得着你打吗？"

这一耳光，使得李强内心涌现出的一丝愧疚荡然无存，他咬牙切齿地看着俞晓红："我压根没使劲，是他自己弱不禁风！"

　　说完一把拉住准备弯腰去照看郑明的方芳："这么点汤，能把他烫死？"

　　俞晓红扶起郑明，见他的半张脸已经红肿了，心疼地摸了摸："疼吗？"见郑明脸露决绝，一副想冲上去跟李强拼命的架势，她忙拉开他，"我们去找点草药敷敷，不跟这种莽汉一般见识！"虽然俞晓红学了五年医，但却是西医，哪认得什么草药，这样说，无非是不想两个男人闹得太僵。

　　越往岛屿深处走，雾气越浓，而随着时间的流逝，郑明也冷静了下来："刚才我是不是太冲动了？"

　　"对！跟平常的你一点都不像。"

　　"抱歉。"

　　"在这种处境下，四人抱团，比分开行动更好。可惜我们做了最糟糕的选择！"

　　"要不，我回去，当作什么事都没发生？"

　　俞晓红停下，语气重了起来："郑明，你能不能有点男人样，是不是还要给他磕个头道个歉啊？"

　　郑明的脸抖动了一下，心想："我愿意放下尊严，不是为了让你更安全吗？"可这话却不敢出口，这种情形下，两人可不能再争吵了。

　　"再说了，早就回不去了！"

　　"为什么？"

俞晓红用棍子拨开前方的藤蔓与荆棘，幽幽说道："因为我们迷路了！"

两人又走了一段，突然，郑明指着前方："看，地上那是什么？"

"好像是两个人！"俞晓红挽着郑明慢慢走近，看到一大摊鲜血后才明白，那是两具尸体。郑明颤巍巍地将尸体翻开……居然是李强和方芳！

3

这是怎么回事？！岛上还有其他人？！为什么会对李强和方芳痛下杀手？！

郑明和俞晓红陷入了巨大的恐慌之中，如果是面临着缺吃少喝的自然困境，还能够通过捕鱼煮汤等方式解决，但如果岛上有危险的生物，光凭他们的力量就难以抗衡了。俞晓红检查了尸体，两人都是被砍死的，伤口在背后，像是斧头之类的利器造成的，所以排除了野兽作案的可能。这算是不幸中的万幸，人总比野兽好对付。

"小明，我有点害怕。"俞晓红紧紧抱住了郑明的胳膊。

"别怕！"郑明摸摸她的头，想给予抚慰，可自己的声音也在发抖。

接下来该怎么办？继续往前走，又害怕遇到杀害李强等人的凶手，可不走，待在尸体旁也不是办法，万一凶手就在附近呢？

犹豫了片刻，两人选择继续往前走，只是这次他们走得更小心，更安静。

天色渐渐暗下来，前方出现了火光，两人慢慢靠近，发现还有两顶帐篷。有帐篷意味着有人，而且很有可能就是杀害李强等人的凶手。两人本想慢慢撤退，再绕过去，却突然看见有人从帐篷里钻了出来，火光照在他的脸上，显得坚实而硬朗，但这一幕在郑明和俞晓红看来，却极其荒谬。因为这张脸他们再熟悉不过，正是被杀死的李强。

"啊！"俞晓红忍不住惊呼了一声。前方的李强听到动静，像猎豹一样冲了过来，在见到二人的脸后，也是一脸惊慌："你们……你们不是死了吗？"

跟着他冲出来的还有身姿柔弱的方芳。

郑明和俞晓红对视一眼，由衷说道："你们……才是死了吧！"

4

夜晚降临了，四人围坐在帐篷前的火堆旁煮肉汤。据李强说，他和方芳在瞎逛的时候发现了这处存有干粮的无人营地，但重要的是，在他们来此的路上，很明确地看见了郑明和俞晓红的尸体。

"也就是说，两组人都发现了彼此的尸体，那么如果我们所说的都是真话，现在坐在这里的都该是灵魂了。"郑明总结道。

方芳小声说道："会不会……我们其实都被淹死了，尸体被湖水冲上了岛，下午在岸边醒来的只是不自知的灵魂？"

大家沉默了好一会儿，直到俞晓红点点头："有可能。"

李强一脸丧气："可……我不甘心，我怎么能死呢，我还有好多事没做！"

他突然抬起头，看向郑明："可你不是会游泳吗，你怎么也会被淹死？"

郑明摸了摸被烫红肿的半边脸，摇头说道："灵魂怎么可能有这样真实的痛感？我觉得大家未必就是死了！我倒是觉得，这个岛很古怪，有可能，我们看到的尸体，只是一场幻觉！"

"幻觉？"方芳问，"你发现了什么吗？"

郑明摇头："没有，只是一种大胆的推断，我怀疑下午我们吃的蘑菇可能有毒素，能致幻！"

方芳若有所思："是有可能啊，很多悬疑电影里都是这样的，主角一行人吃了毒蘑菇开始产生各种恐怖的幻觉，最后自相残杀……"

俞晓红摇头："可那毕竟是电影，站在医学的角度来说，能够致幻的食物少之又少，一般都是些需要提炼加工的毒品；

而且你怎么能保证四个人同时出现相同的幻觉呢？还是说，你想告诉我们，这只是某一个人的幻觉世界，其他人都是假的？"

郑明不说话了，他也只是假设，目前的谜局，没人知道标准答案。

"好烦！"李强起身，"我要去找找尸体，扛回来看看，到底是不是什么蘑菇变的！"

"大晚上的还是别去了吧！"方芳想拉住他，手却被甩开了。

李强走后不久，俞晓红开始闹肚子，郑明想陪她去，被拒绝了。郑明有些失落，住在一起分床睡就罢了，想不到在这种时刻，还对自己如此防范。

俞晓红脸色黯然地走进迷雾，找到一个隐蔽位置，解开裤带。稀薄的月光照耀着她盈盈一握的腰腹，那里有一条蜈蚣一样的丑陋疤痕。

这是郑明从不知道的秘密，也是郑明之所以能跟她在一起的原因。

方便完，俞晓红刚准备往回走，眼前突然闪出一个人影，细一看，是李强。

"吓死我了，你怎么神出鬼没的！"俞晓红正拍着胸口，却见李强逼近自己，"你……要干什……唔……"

在这大雾弥漫的小岛上，在这生死未卜的迷境中，俞晓红被李强强吻了。

李强身体雄壮，力大无比，俞晓红在他怀里就像一只柔弱的兔子。这只兔子此时完全无法思考。是啊，自从五年前跟前夫离婚之后，她就再也没有跟男人亲热过……但是她此刻毕竟是郑明的女朋友，这样做真的合适吗？郑明是爱自己的，他比李强更容易接受自己的过去，这一点她再清楚不过，但郑明太过柔弱，远没有李强刚硬，没有那种能让自己燃烧起来的雄性魅力。今夜，要不要放纵一把？

要，还是不要？

……她终究是推开了这个男人。李强一脸错愕，像是完全没有想到此番偷情居然如此浅尝辄止。

俞晓红眼神复杂地看了他一眼，飞快跑走了。她回到营地，发现郑明和方芳居然互相依偎在了一起，本想生气，下意识一想，这两个何尝不是可怜人，都被心爱的人所嫌弃，抱团取暖一下又有何过错呢？

俞晓红摇摇头，刚想找个地方坐下，却看见李强从帐篷里钻了出来。她看了看身后，又看了看李强，心下骇然："他怎么可能比自己先回营地？"

5

夜深了，火堆旁已经没人，两个帐篷都亮起了灯。

郑明头枕着双臂，看着帐篷顶，若无其事地问道："晓红，你是喜欢李强的吧！"

俞晓红背对着郑明："胡说些什么呢？"

郑明笑道："反正大家可能都已经死了，这时候再自欺欺人，也没必要了吧！"

"别整天胡思乱想，我跟阿强清清白白，什么事都没有！"

"可是你今天上厕所上了一个钟头！"

"……那又怎样？"

"你最后是跟李强一起回来的！"

"……我上完厕所散了会儿步，路上遇到了而已！"

"可是……"郑明偏过头看向俞晓红的背，眼里有闪烁的光，"你难道没发现自己的衣服背面有两个宽大的手印嘛！"

俞晓红肩膀一抖，身子翻转半截后顿住，继而又恢复了之前的睡姿："……切，岛上蚊虫多，他帮我拍了两下而已，你啊，就是容易想多！"

郑明看着那两个上下叠在一起的手印，眼泪掉了下来："对不起，我又想多了！"

刚睡了一会儿，俞晓红突然翻过身来："你刚骂我？"

郑明摇摇头。

俞晓红蹙眉苦思："奇怪，刚才耳边明明听见有人说贱货，而且就是你的声音！"

"睡吧！"郑明感觉特别累，连反驳的力气都没有了。

"不准骂我哦！"俞晓红刮了刮郑明的鼻子，重新睡下了。

天蒙蒙亮，郑明就悄悄从帐篷里爬了出去，他沿着营地慢慢转圈,慢慢找。终于,在一颗大树下,他找到了一条短裤——还是他买给俞晓红的!

其实,爱人所有隐瞒我们的事情,都是刀子。你去找真相,就等同于拿刀子去扎自己的心脏,可惜我们总是乐此不疲。

郑明跪在地上,使劲捶打面前的树,嘴里发出呜哩哇啦的喊叫声。

"啧啧啧,这个痛苦样子,我都不忍心杀你了,不过是个女人,何必呢!"有人走了过来,郑明赶紧擦了擦眼泪,循声望去,一时间竟呆了。

来的这个人,正是他自己。

不过细一看却跟自己有一丝区别。自己的脸因为被汤烫过所以是红肿的,而这个郑明的脸却没有红肿,取而代之的是一道血红色的刀疤。

刀疤郑明眼神凶悍,一手握着把斧头,另一手提着个黑色的东西,他将这东西抛过来,郑明下意识接住,一看,居然是俞晓红的头……

"这是给你的礼物,男人不要哭哭啼啼,该爱就爱,该恨就恨。"说完就消失在了迷雾之中。

6

郑明痴痴呆呆地回到营地,正跟方芳一起煮汤的俞晓红回头问道:"你去了老半天,蘑菇呢?"

郑明死死盯着俞晓红,缓缓蹲下,颤抖着双手,捧住她的脸,感受着她的温度,甚至是皮下血管的微弱跳动。

"你干什么?"俞晓红不耐烦地挣脱,"你去干了什么?"

郑明跌坐在地,摇头傻笑道:"我可能已经知道咱们目前的处境是什么了!"

"是什么?"方芳问道。

"平行空间坍缩到了一起!"

"说人话!"一旁的李强有些不满。

郑明看向有可能理解这一理念的方芳:"看过电影《彗星来的那一夜》吗?"

方芳摇头。

"电影说了一个这样的故事:在彗星来临的夜晚,一群朋友在家里聚会,中途突然停电了,这时他们发现不远处有房子亮着灯光,其中几个人便想去拜访一下,谁知走过那条黑暗的过道之后,他们来到的居然是自己的房子前,而房子里坐着的正是他们自己。他们想要回到原来的房子,但是回去之后却发现,种种细节都表明,这已经不是自己最初待着的房子了。在那个停电的晚上,布满了无数个相同的房子与无数个他们自己……"

方芳脑子转得快:"你的意思是,我们现在的遭遇跟电影里的人类似,在这个岛屿上,有无数个我们,所以我们才会看到自己的尸体？"

"对，虽然不清楚具体原因，但应该是这样没错。"

俞晓红问："平行世界是怎样形成的呢？有多少个平行世界？我们该怎么样摆脱这种诡异的局面？"

"一般来说，人的每一个选择，都会形成一个平行世界。比如你在想今晚是喝粥还是吃面，最终选择了吃面，但其实另一个你选择了喝粥，只不过世界分裂成了两个，彼此独立，互不干预而已。平行世界是裂变效应，数之不尽，还会越来越多！"

"脑仁疼，你就不能说得更通俗一点吗？"李强揉了揉太阳穴，十分不满。

郑明叹了口气："好吧，举一个简单的例子。比如说，我们昨天下午喝完汤之后不是吵了一架吗，如果当时我们彼此都克制一下，没有口出恶言，也许就不会分道扬镳，四个人喝完汤之后一起行动探索，这其实就是一个平行世界。可惜我们选择了争吵，甚至大打出手，最后分道扬镳，便进入了另一个平行世界。只不过在这个岛上，因为不可知的原因，所有的平行世界都不再隔离开，而是坍缩到了一起，所以，我们在岛上每做一个选择，就会多出一个没有做此选择的我们出来。"

郑明说完发现大家都不说话了："难道这样还不能理解吗？"

俞晓红面庞有些扭曲："理解是理解了，可是……"

李强接过她的话，狰狞道："可是我们四个人昨天下午根本就没有吵架！"

郑明心下一惊，这时候看见对面的方芳突然睁圆了眼睛，忙回头，只见另一个郑明正站在自己身后，抱着一捧蘑菇发愣。这个"郑明"脸上白白净净，没有红肿，也没有刀疤。

7

红肿脸的郑明被放逐了，没有被杀掉，已经算是万幸。他在迷雾中孤独地行走，想去寻找那支属于自己的团队，可惜他明白这几乎已经不可能。此刻他想要获得团队的最佳做法就是偷偷杀掉一个落单的郑明，然后混进去他的团队。

郑明躲在暗处，偷偷观望了很多团队，他发现每一个团队的人物关系都不一样：有的团队已经残缺不全；有的团队的郑明已经跟方芳好上了；而有的团队居然男男一个阵营，女女一个阵营；其中有一个团队是他最想混进去的，因为他们只剩下两个人：俞晓红跟郑明，而且这两个人很恩爱。可惜他知道不可能，因为这个团队的郑明脸上有一道红色刀疤，眼神里写满了杀戮。

郑明退下，还没走几步，就听见身后有脚步声，立马机警地躲闪。

"呵，我要杀你，就不会留你到现在了！"刀疤郑明扛着斧头走过来，拍了拍肿脸郑明的肩，"你羡慕我？想取而代之？"

肿脸郑明诚实点头。

刀疤郑明把斧头递给他："我的晓红你是抢不走了，她跟我在这里生活可有半年了！你用它杀出一条自己想走的路吧！"

肿脸郑明接过斧头，问道："可你是怎么做到跟她从不失散的呢？"

刀疤郑明抬起脚，脚踝拴了一根红色粗绳："只要有心在一起，哪怕穿越成千上万个平行空间，你也找得到她！"

说完刀疤男便转身往回走，可刚迈出一步又回头说道："对了，还有个事情要告诉你，俞晓红其实不是你心目中高高在上的女神。"他凑到肿脸郑明的耳边，轻轻说道，"她七年前就结婚了，生了一个孩子，五年前离的婚，孩子判给了父亲。她之所以一直不肯跟你亲热，是怕你看到剖腹产的手术痕迹。"

肿脸郑明感觉耳朵里嗡嗡作响，脑袋一阵眩晕，待他清醒过来，刀疤郑明已经不见了。

他提着斧子在迷雾里兜圈，喃喃自语道："呵呵，假的，一切都是假的，自己从头到尾都是背锅侠，还是戴绿帽的那种！假的，一切都是假的……"

突然，他听见前方有人说话，下意识便蹲了下来，细一听，是自己跟俞晓红。

俞晓红说:"幸好刚才你没跟李强犟嘴,他那么壮,咱们不能跟他硬碰硬!"

然后"自己"说:"那你为什么还要假装生气,跟他拆伙,说咱俩单独走?四人一起探索不是更安全吗?"

俞晓红笑道:"你整天说自己脑子好使,这时候却想不明白。他虽然有力量,但咱们不能依附于他,不能时刻提醒他,他在岛上是国王,这样对咱们没好处!我们必须让他不顺心,让他觉得自己掌控不了别人。"

不仅绿茶还很心机。见两人从面前路过,肿脸郑明狞笑着举起了斧头,可在挥下的那一刻,身子却不自觉抖了一下,擦到树丛发出声音,俞晓红身边的郑明闪身挡在前面,致使斧头劈过了他的脸,划出一道刺目的血痕。

肿脸郑明充满仇恨的一击挥空后,也失去了杀人的勇气,忙退进了白雾。

人在发泄完情绪之后往往会清醒很多。郑明回想起刚才那两人的对话,总觉得像是昨天自己没被烫伤后所发生的。为了验证自己的猜想,他待到了晚上,果然,在树林里等来了上厕所的俞晓红,也等来了前来强吻她的李强。

可惜他等待的这一对并没有干出什么道德败坏的事,俞晓红直接推开了李强。但是李强并没有退去,反而一把将准备离开的俞晓红按倒在地,要霸王硬上弓。俞晓红哭喊着尖叫,却被李强两巴掌扇晕了过去。

郑明握着斧头悄悄靠近，他虽然情绪激动，但理智告诉他，自己哪怕有武器，跟李强的体格也差距过大，必须做到一击必杀。

那是饱含了一个弱小男人所有不甘与抱负的一斧头，在稀薄的月光下划过一道优雅的弧线，直直落在李强脖子上……

郑明推开李强，见俞晓红头在不停冒血，她的身体虽然还热乎，但已经没有脉搏和呼吸了。刚才被李强扇耳光的时候，她的太阳穴磕到了尖利的石子。郑明跪在俞晓红的尸体边，又哭又笑："这个心机的女人怎么突然就宁死不屈了呢？真是……滑稽啊！"

他把头放在俞晓红身上，就像小时候枕在妈妈的臂弯里，听妈妈讲那过去的故事。此时他耳朵里有更多的故事：隔壁的空间，有女人的呻吟声；隔壁隔壁的空间，有女人的尖叫声；再远一点，好像有男人的哀嚎声；女人的咒骂声；有挥舞着的刀斧声……这些故事听多了就会麻木，心里的愤怒与仇恨，甚至是悲伤，都渐渐淡去了。

人的每一个念头，每一次抉择都会产生一个平行世界，所以佛家有言，一念成佛，一念成魔。

我是谁，从哪来，往哪去？一个人如果无法准确定义自己的存在，就会陷入虚妄之中。

一花一世界，三千大世界，一叶一如来，人人皆如来。再多的世界，都不是你的世界，再多的你，都不是你。那么，什么才是答案？

努力让这个真正属于你的你活下去！

郑明一觉醒来，发现俞晓红和李强的尸体都已消失不见。他明白这也许是一种清理机制，不然这个岛早就变成了尸山血海。他提起斧头，向海边走去，见人杀人，杀不过就避开走，直到来到当初的岸边。

其实目前的处境不止是《彗星来的那一夜》那么简单，还叠加了一层《恐怖游轮》。这个岛屿永远都在循环2月14日，也就是四人从度假村划船出来游玩的那一天。所以每一天清晨，都会有一艘小船在迷雾中行驶而来；每一天下午，都会有四个人搁浅在岸边；每一天晚上，都有一个李强想要在树林对俞晓红做些什么……

虽然不知道这座岛屿的时空为何发生了扭曲，但应该只要离开这座岛和迷雾，就能摆脱无休止的裂变与杀戮吧。事实上有不少自己正是这么做的，所以他甚至都不用动脑筋，只需要回忆来时的细节，然后照做就好了。

先在岸边生一堆火。

然后自个儿潜入水中。

待四人小船怀着期待与猎奇之心驶过来的时候，把边上的方芳先拉下水，再把小船弄翻，最后只需要拉住唯一会游泳的自己的脚，让其昏迷过去，便大功告成了。

8

郑明把船翻回来，找到船桨，刚爬上船，就见岛上的树林里陆续走出了三个人。他们身上都血迹斑斑，手里或拿着锤子或拿着小刀，彼此隔得很远，像是互有提防，但却一致地望着郑明，或者更准确地说，是望着郑明抢来的船。

郑明想了想，把船划到了岸边。李强率先上船，像来时那般坐到船头，在他拿桨的时候，郑明注意到，他的右手缺了小指和无名指。

俞晓红第二个上船，她坐到李强身后，侧过身来，一脸沧桑地望着郑明。郑明这才发现，她的右眼窝深陷……

方芳最后一个上船，她坐在郑明身边，但却一直偏着头不看他。郑明注意到，她的裤腿在流血……

郑明明白，这几个人，既是获胜的战士，也是落单的野狗，每个人都有自己的伤痕与杀戮，不必问，也不必说。

一艘小船在浓雾弥漫的大湖上缓慢行驶，它迷失了方向，只能随波逐流，直到前方依稀出现了亮光。

船上的四人相顾无言，各怀心事，看着小船，缓缓驶进光亮里。

最后一刻，郑明突然像是被雷电击中，他的脑子里瞬间闪过了几个关键性问题：为什么刀疤郑明宁可在岛上生活半年，也不选择抢船出去？他不可能没有这点智商；为什么岛上会有帐篷灶具与干粮？明明四人被冲上岸时身上什么东西都没有；是谁把第一队人的船弄翻的？这一段轮回，究竟是什么时候开始的？

END

谜题1
本故事内的关键数字线索是？
（提示：三位数，跟这个岛有关）

谜题2
解锁道具·四个郑明，
最后的那个郑明是谁，把他圈出来。

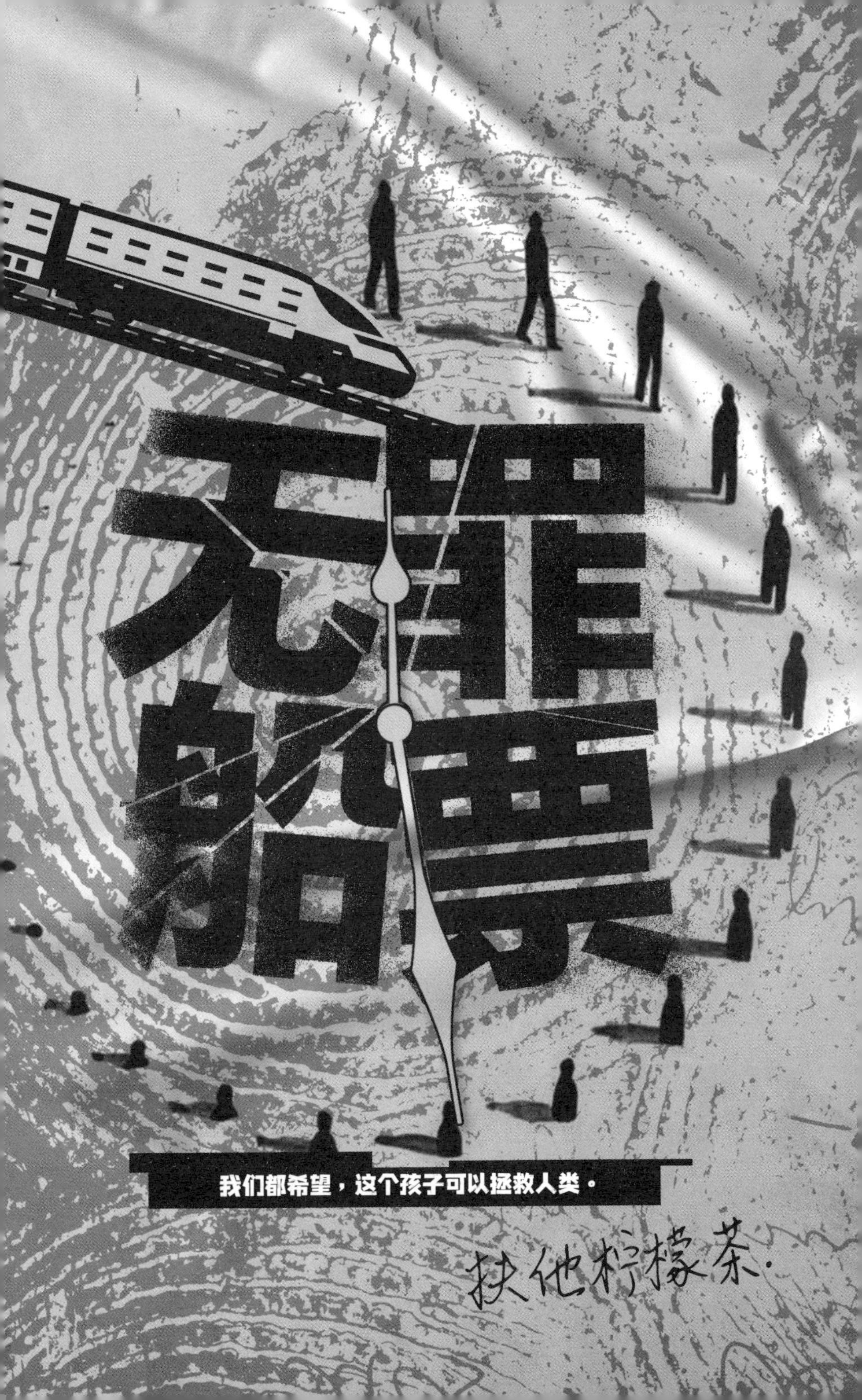
无罪
的票
我们都希望，这个孩子可以拯救人类。
扶他柠檬茶.

无罪盘恶

青龙镇老汉，幼时从文，然文武不就，唯系口腹之乐，别无他求。
微博@扶他柠檬茶

文/扶他柠檬茶

1

　　宁秀每周三下午会请假，买市内火车的车票，坐两小时的火车，来到城市最边缘的一处普通建筑。这栋建筑外面挂的牌子是某某副食批发中心，看似已经歇业很久了。

　　每次她去的时候，门口都会有一个打扮寻常的男人迎接她。宁秀不安地和他走进建筑中，乘坐需要打开仪表盘后的隐藏控制板才能下去的电梯到了地下室。那里的装潢和外面是两个世界，干净温馨的气氛宛如一家主题酒店，穿着人偶服的工作人员来来往往，对宁秀报以温和的微笑。

　　她越来越不安，双手紧紧绞在一起，直到视野中出现了一个人影——

宁秀这才松了口气，快步过去抱住他："小越，妈妈来看你了。"

孩子也回以拥抱："我没事，外婆怎么样了？"

"没事，外婆也想小越，就等小越从过去给她带桂花香水。"宁秀说着，拍了拍儿子的头，将他先交给了一旁的工作人员。等孩子走远了，宁秀才一脸焦虑地转身，抓住了那个负责人。

"……我什么时候能带我儿子出去？"她问，"现在这个情况……我理解的。但是，我妈妈可能快要……医生说大概就这两周的事。我想带孩子出去，再见老人一面。"

负责人沉默了一会儿，显然，他并不支持女人的这个决定。

"外面的世界，对林越君很危险。"他郑重地和这名憔悴的母亲解释，"在登上方舟前，待在这里，对小越来说是最安全的。我们都希望，这个孩子可以拯救人类。"

2

事情还要从两个月前说起。

一艘巨大的船突然从天而降，出现在公海上。

国际联盟立刻组织了调查队。没有人知道这庞然大物的来历，与其说它是船，不如说更像一座浮岛。一个漂浮着的椭圆体，漂浮在黑色海面，纯白的船体呈现出一种光洁流线感，在阳光中闪闪发亮。

恐怖袭击？神迹降临？一时之间，各界众说纷纭。调查显示，它只有顶部一个入口。当特种部队试图进入这个入口时，每个人的头顶都跳出了一个数值名称。

罪孽值。

有的人是三十几，也有的人达到了两百多……这个数值代表了什么？哪怕对数值最低和最高的士兵分别进行全方面的检查，专家也很难确定它究竟代表了什么。

直到一个孩子的出现。

这艘谜之船被国际联盟派人严密地防守了起来，但有几个附近海岛渔民的孩子还是趁着士兵不注意，偷偷溜到了它的椭圆弧顶上。士兵们上去抓人，竟发现入口附近有两个孩子头顶的数值是零。

这两个孩子是姐弟，弟弟七岁，姐姐九岁，父母都是渔民，连字都不认识，只会说当地土著的语种。

而且，姐弟的手臂上出现了一个奇怪的符号，像银白的二维码，微微发着光。

调查组立刻从附近几个海岛组织各类居民登船——男女老幼各数十名，在一百多人里，仍然只有八个孩子的罪孽值是零，都获得了银白符号。根据实验，有银白符号的人才能够通过入口，进入船舱里。于是他们让其中一个年纪最大的孩子带上实时摄像机，登上了这个谜团一样的船。

然后，他们获得了一个能够令世界颠覆的消息。

在八个月后，一颗编号为 A231553 的新星将会来到太阳系，成为弱势天体，在第一次也是最后一次环绕时，与地球相撞。它的直径大约为地球的两倍，也就是说，在它的撞击下，地球将化为齑粉。

面对这个威胁，地球发射了搭载中子炮的航天器，试图直接击碎这颗新星。可这个行为引起了毁灭性的后果——由于目前技术所限，制造的中子炮并不能将这颗星球彻底击碎，它裂为八块大型陨石，然后飞向了太阳系其他行星。在引发了连环撞击后，地球失去了水星和金星这两颗在它与太阳之间的天体，开始被吸引向太阳靠近。

在地球最后的十年中，人类在 2044 年发明了时空方舟，也就是这艘谜之船。

"我们使用地球上最后的灵子力，将方舟从 2044 年送回了 2034 年。"从方舟内带回的视频文件中，一名白发老者神色肃穆，"当然，时间仍然不够。方舟计划的核心，就是让 2034 年的人们搭乘方舟再次回到过去，得到更多的准备时间，找寻到拯救地球的方法。"

是的，驱动这艘方舟运转的能源，是一种叫作"灵子力"的新能源。这种能源的能量十分巨大，是从人类神经中提取的。然而，或许也因为是从神经中提取的缘故，灵子力的启动十分"不稳定"。

"我们不知道方舟在 2034 年的进入条件是什么。但是，相信你们很快就能找到。"说到这儿，他向着镜头深鞠一躬，"未来就拜托你们了。"

根据孩子从方舟里带回的资料，国际联盟立刻展开了针对那颗行星方位的观测，最后确定视频所言一切属实。如果什么都不做，地球将会在八到九个月后毁灭。如果使用中子炮进行轰击，由于行星体积过大，无法将之完全击碎，将会导致它继续在轨道中击中其他的太阳系行星。

所以，唯一的对策就是如老人所说，挑选可以满足"登船许可"条件的人进入方舟，回到过去进行研究。而这个条件，就是叫作"罪孽值"的东西。

3

这个消息目前还是机密，毋庸置疑，如果走漏风声，将会引起全球范围的恶性恐慌。但是，民众们发现，在寺庙、幼儿园、小学和初中部、志愿者中心进行查访的官方人员变多了。这些查访者会携带一个类似酒驾测试的检测器，对着被测试者进行扫描。屏幕上每次都会跳出不同的数值，如果数值显示为零，查访者就会登记这个人的信息资料。

林越君待的学校一开始并没有成为查访的重要地点，因为官方已经知道罪孽值是什么意思了——这个人从出生到死，一旦做了有亏道德或违反法律的事，就会累积"罪孽值"。这个数值平时是根本体现不出来的，只有用灵子力制造的检测器才可以检测出。

这个世界上，罪孽值为零的人，可能比鲸头鹳还要少。因为那是真正的无罪之人，从小到大没有随地吐过痰，没有乱闯红灯，没有乱扔垃圾，没有在公共场所抽烟，没有说过脏话……

也就是说，最大可能存在无罪之人的地方，就是孩子们聚集的地方。于是各个学校，尤其是小学和幼儿园，成为了检测的重点。使用的仪器也是从方舟上带出来的灵子检测器，可以检测罪孽值。

然而林越君并不是在普通的学校就读的。他是 M 国某著名物理学院最年轻的学生，从懂事起，这个孩子就显示出了惊人的聪慧，受邀进入物理学院时年仅十六岁。

林家人都以之为荣。尤其是林越君的母亲宁秀——她婚前是一位优秀的语言学家，嫁给了自己的师兄，拥有一个人人都羡慕的美满家庭。孩子小越从来都懂事得叫人心疼，宁秀经常和其他人说，小越肯定是上天送给自己的天使。

一家人搬到了 M 国，丈夫在人类文化史研究所工作，她选择从事自由职业，进行语言学方面的书籍创作。生活平静而美好，从来没有一点波澜。

她鼓励孩子离开家庭，在学院提供的寝室住读。每周五，她会去大学接林越君回家，小越的两个室友——麦克和里欧会陪他等她。那是两个性格开朗和善的小伙子，小越上车前会和他们碰拳道别。所以宁秀一直都很放心孩子的校园生活。

直到周三的晚饭时间，她忽然收到了一个电话。电话是物理学院的老师打来的，希望宁秀马上去学校一次。

小越出事了？她的心顿时就悬了起来，因为上周在加州还发生了校园枪击事件。一路上，她都在网上查新闻，所幸并未见到什么校园伤害事件。赶到学校时，负责人和几个西装革履的工作人员已经等在了门口，非常郑重地接待了她。

就在刚才，她的儿子林越君被检测出罪孽值为零，获得了登上方舟的"船票"。

4

目前为止，全球能找到的无罪之人有四百多人。可惜，其中绝大部分都是学龄前儿童，别说将未来的消息带回2024年，就连生活都不能自理。

人类需要一位无罪，却成熟而睿智的人，驾驶方舟回到过去。所以，当查访者来到物理学院的实验室见到正在做实验的林越君时，立刻感到自己看见了希望。

智商过人，十分懂事，懂得世界上最有用的两门语言，拥有极深厚的科学知识……无论从哪个角度来看，林越君都是个完美的人选。

当检测器的屏幕上跳出"0"时，三名查访员都欢呼了起来。

"你是说，我的儿子……要离开我？"

就和世上大部分的父母一样，林家夫妇听见这个消息后，最关心的是这一点。

林越君回到过去后，谁也不确定还有没有回来的方法。也就是说，这几乎等同于与儿子永别。

夫妇俩态度很坚定，绝不答应。在经过了几个小时的交涉后，他们只进行了极小的让步——同意林越君参与方舟的调查工作。

之前进入方舟的，都是那对最初获得"船票"的姐弟，这两个肤色褐色的孩子从小都在渔船上长大，根本没受过教育，连自己的名字都写不出，只能完成最基本的指令，将方舟上的东西拍下来和带出来。

可现在不一样了，林越君不仅是少年天才，而且性格沉稳，无疑能够胜任这份工作。在预支了巨额的工资给林家父母之后，父亲略有松口，而母亲宁秀却愈发不安。

"你不觉得可怕吗？"在回家的车上，她忍不住问，"小越去做这种事……回到过去，离开我们……"

"不是都说了，不会让他回去，只是参与调查工作吗？"

"怎么可能不让他回过去？这一系列的事，只要开始就不可能停下。然后会来更多的人劝说，他们甚至会买通我们的亲戚来劝，到最后，不排除可能用强硬手段将小越从我们身边带走!"

"你太神经质了。"丈夫耸肩,不以为然地笑了笑,"哪会这样。这种事,就是雷声大雨点小。说不定过几个月就说,这颗行星自己离开太阳系了,地球平安无事了——你懂的嘛,世界末日这种谣言,之前都出现过好多次了。"

宁秀揉着额头,她意识到,自己的焦虑是无法被其他人共情的。小越被连夜带走,踏上了前往那片公海的旅程。那些人承诺至少一周可以让孩子见他们一面,当然是在官方人员的陪伴下。

孩子很懂事,离别时还安慰母亲。但这种懂事却让宁秀更加难受,就像是被自己的孩子保护着,哪怕她的孩子只有十几岁。

她觉得,自己是个无能的母亲。

5

关于方舟的调查,由于有林越君的加入,顿时有了飞一般的进展。他进入方舟后,直接开始熟悉里面的操作系统,很快就得出了结论——靠灵子力驱动的方舟的确具有穿越虫洞回溯时空的力量,只是现在它的灵子力发动机还在自行充能,距离完全充能完毕尚需三个月。

另一方面,国际联盟也在成立相关的机构,培训这些罪孽值为零的孩子。这些人中,最大的一个孩子叫米萨,来自 D 国,是个弃婴,被僧侣收养在寺庙里长大,今年十七岁。

林越君不可能单枪匹马回去,这将是一段漫长的旅途,从加速到曲速再到超曲,然后进入虫洞,里面的时间是混乱的,谁也不知道要多久才能冲出虫洞……在路上,他需要有人来照顾生活。

而且专家们主张送尽可能多的孩子回到过去。毕竟,每多一个登船者,事情就会多一分转机。

在这样的局面下,那个随方舟一起来的灵子力探测仪又有了新的用场。研究员立刻制成了一份罪孽值列表——通常来说,普通成年人的罪孽值在 30 到 90 之间,有刑事犯罪的人的罪孽值则在 190 以上。在查访过程中,有不少逃犯或者嫌疑人就因此被揪了出来。

世界末日或许离普通人还很遥远,但探测犯罪记录这个功能却普及得飞快。一些发达国家直接在监控系统里连接了这个探测器,只要监控到罪孽值高于 150 的人,系统立刻就会发出警报。人类的某种天赋体现得淋漓尽致,而罪孽值这个概念也融入了人类社会的方方面面。

宁秀丈夫的研究所要进行招生,丈夫回家说,现在有个基础测试就是罪孽值测试,研究所将数值定在 60,高于 60 的面试者统统会被刷下去。

"这个数值直接就能体现一个人是好是坏,以前真是想不到。"他说,"就该这样,让那些心里有鬼的人无所遁形。"

宁秀没有说话,她从心里讨厌所有和方舟有关的事物。或许是特属于母亲的预感,她觉得,这只是暴风雨前的平静。

6

宁秀丈夫很快就不觉得这个系统好了。研究所的学者们要升职考核,其中也加入了罪孽值审查。他的罪孽值超过了80,而升职的话,必须低于75。

他只能承认,自己小的时候和哥哥回农村老家玩,曾经抓野猫丢进粪坑里,看它们挣扎后溺死的样子。

不止宁秀丈夫一个人因为罪孽值而受挫,很快,社会上就响起了一片质疑声,质疑罪孽值的量定和可信度。就好像身高体重是明确可见的,可罪孽值呢?除了灵子力测定器上的一个数字,连计算过程都看不到。

人类总是不喜欢那些不利于自己的数字。

也就在这时,关于方舟的消息泄露了。

7

整个世界都疯了——地球要毁灭了?那艘被官方声称是艺术作品的船其实是穿越时空的挪亚方舟?罪孽值为零的人

才能得到船票，搭乘它逃回过去？！

　　走漏消息的源头居然还是调查组里的人。这个人也有个幼子，可是，孩子的罪孽值是 3。源头已经不再重要了，重要的是消息被曝光了，包括内部资料和无数机密文件。

　　地球还没被撞，但炸的程度也差不多了。

　　宁秀心里的一块大石落了地。她觉得迟早要发生的事终究发生了，反而松了口气。因为人们都蜂拥到方舟附近，研究工作不得不暂时中止，林越君也因此回了家。

　　她替儿子做了顿饭。管它什么地球什么末日，自己的孩子能回家，这对一个母亲而言才是最重要的。

　　"工作怎么样？"她端着鸡汤回到餐桌边，"那艘船里面好玩吗？"

　　小越只是笑着摇摇头。不知道是"不好玩"还是"不能说"，缄默是最委婉的拒绝。

　　这个孩子的成熟一直令人惊讶。

　　宁秀忍不住用眼角看着他手腕上的银白色印记。每一个罪孽值为零的人只要接近方舟，就会获得这样的印记，调查组叫它"船票"。等"开船"的日子，这些拥有船票的人才能登上方舟。

　　"妈妈。"

　　孩子的声音拉回了她的思绪。她怔怔抬头，见到林越君清澈的双眼正望着自己。

"妈妈，爸爸，外婆，老师……那么多的人，都不能和我一起回去吗？"

到现在，小越还觉得，总有办法让大家一起回去。丈夫缄默不语，宁秀终于哭了，紧紧抱着小越："小越不会回去的！没有人能把小越和妈妈分开！"

突然，一声尖厉的刺响划破耳膜——他们家的落地玻璃窗被人用石头砸碎了，一群人在外面跑向下一家，捡起身边所能捡到的重物朝对方家的玻璃砸去。一个马路上的大垃圾桶也被丢进了林家，宁秀抱紧了孩子，吓得尖叫。

街道上有警笛声，然而骚乱一直持续了很久才结束。他们家所在的这处社区治安一直很好，从未发生过这种事。

8

地球即将毁灭的消息引发了一连串的恶性骚动，街道上处处可见到巡逻警员。一周后，M 国总统发表了公开讲话，呼吁公众相信和支持方舟计划。

M 国几乎所有的屏幕都在直播这场讲话。而在机场，一对母子匆匆而行。机场外，仍然可以看到远处爆炸留下的黑烟。

出发前，宁秀还与丈夫发生了争执。他不能理解，为什么她要带孩子去 Z 国。

"你不明白吗？因为小越有船票，但其他人没有！"每次想到这一点,她都觉得背后发寒,"谁也不会甘心的!每个人都希望自己能上船,如果他们不能,那就让本来能上船的人全都上不去!"

丈夫觉得她的反应根本就是女人的神经质发作:"调查组都说了,会来接小越去安全屋进行保护,所有被选上的孩子都会去,你到底有什么不放心的?"

她不相信什么调查组。方舟计划的所有资料就是从这个组织内部泄露的,她担心孩子们前往安全屋接受保护的消息会不胫而走。宁秀买了机票,准备立刻启程,带孩子回Z国的母亲家暂住。她经常和小越回国看望母亲,虽然也提出过将老人接来M国,但外婆还是觉得国内生活比较习惯,没有和他们去。

过海关时,她的手机接到一条新闻推送——有多辆军车在通过一条闸道时被暴民攻击。有人接到消息,这些军车都是接送那些拥有船票的孩子们前往安全屋的。

视频里,一个个孩子被暴怒的成年人拖下车。镜头拍摄的画面摇晃抖动,伴随背景音里的尖叫声。宁秀不忍再看,拉着小越登上了飞机。

Z国这边的马路上也满是警察在值岗,下了飞机,她立刻叫了车,直接到了母亲家中。小越扑进外婆怀里,老人一如既往地拿出自己做的核桃糕给外孙吃。

"什么世界末日,就是网上瞎传。"外婆应该是认定谣言的那一派，不以为然，"1990年，1996还是97年？还有那个什么2012？都说地球要没了。再说了，就算没了，反正我们这把老骨头也没几天了……"

宁秀附和着她，替母亲择菜。这个小区还是很宁静的，因为大多数住户都是老人。

冬天的夜里，他们在老屋子里煮起热腾腾的火锅。林越君替妈妈和外婆烫菜，一点都没有提及和方舟有关的事。

不过在睡前，他还是找妈妈聊了会儿天。

"我觉得用罪孽值去确定登上方舟的人选很不合适。应该把人类中最优秀的那一批送回去才对。"他说，"所以，灵子力是怎么使用这个评判标准的？如果能研究透彻，说不定，我就可以让大家都回到过去。"

宁秀摸着他的头，微笑着说："小越很努力，但是，我希望小越能和妈妈在一起。"

就在这时，门铃响了。外婆下楼打开门，外面站着两名西装革履的男人，身后还有持枪警察。

"请问林越君在这里吗？"他出示了证件，"我们想和他谈话。"

9

在行驶的车上，宁秀的脸色很不好看。不过负责人老徐也体谅她:"真不好意思,半夜来打扰你们。我们接到了海关那边的消息,说林越君回国了。"

方舟计划的实施范围是全球,不管 M 国还是 Z 国,负责人都希望能控制林越君。

"Z 国这边预先转移了一批孩子保护了起来,"他说,"可是……和你说实话吧,也没能全部保护。消息刚刚泄露出去的时候,整个局面太乱了。"

泄密的 M 国探员将所有事情都公之于众,在骚乱中,已经有很多孩子丧命了。

父母的本能让她想将孩子留在身边,但是宁秀也清楚,现如今,这个世界对这些无罪的孩子而言,已经无异于炼狱了。

能够满足无罪和聪慧两个条件的人选,只有林越君。

他们平安抵达了 Z 国这边,一座由警察防守得密不透风的安全屋。外面虽然平平无奇,但是内里的设施齐全而高端。现在,全国的戒严达到了最高等级,马路上连小偷都没有。

而另一种摧毁孩子的方式也出现了。那些原本罪孽值为零的孩子,被人教唆着说脏话。

听起来很可笑,但是说脏话确实会增长罪孽值。

没能得到船票的人很清楚,如果拿刀到马路上砍孩子会被警察当场击毙。可怂恿孩子犯错却不会有什么后果——一时之间,儿童被怂恿犯罪的案例也多了起来。宁秀和一些家长去安全屋看孩子,大家聊天时就听说了不少类似的事。

她一般会陪小越吃顿饭再走。小越提起了米萨——登船者中年纪最大的那个D国小僧侣。有天夜里，一伙人闯入了寺中，强迫米萨用刀割伤了别人。人们意识到，这样做既可以让自己减少负罪感，又可以让这些无罪的孩子变成"有罪"者。

"没事的，小越，不要担心。"她温柔地安慰他，"在这里，你很安全。"

米萨之前也曾陪伴他进入方舟调查，两人感情很好。

孩子笑了笑，越过桌子，附在她耳边轻声说话。可听见这句话时，母亲的双眼因为惊愕而睁大。

"我想继续研究方舟和灵子力。"他说，"妈妈，我觉得，我能找到办法的。"

10

几天后，安全屋出了事。

不知道怎么回事，里面的孩子们陆续增长了罪孽值。他们说，有人教自己说了三个字的脏话。

A说是B教的，B说是C教的……到最后，根本查不到源头。失去了船票的孩子被家长领回，剩余的孩子则要被转移到新的安全屋，并且处于二十四小时全天候的监控中。

也就是这个故事开场的场景。

林越君是在森严保卫下离开安全屋，去医院探望外婆的。

然后根据他的自我意愿，负责人带他再次前去海上方舟，进行研究。

按照原定计划，一个月后，无论研究结果如何，剩下的无罪之人全部都要登船——接二连三的变故让年龄超过八岁的无罪之人的数量锐减。如今，全球恐怕都只有不到五十人满足无罪条件。

林越君仍然是整个计划的核心。如果没有这个少年天才，只是让五十多个幼童登上方舟，后果仍然只是毁灭——没人会操作那些繁复的仪器。

在日复一日的研究中，出发时间临近了。宁秀基本每天都要被请去谈话，听官方人员在她面前称赞林越君的老成懂事。"而且，这个孩子完全不像个孩子。"负责人说。宁秀很不爱听这句话。

他就是自己的孩子，只是自己的孩子，也许比其他孩子要来得聪明些……

可是在母亲的眼里，孩子只是孩子。

11

有天，林越君难得回到了外婆家，虽然仍然在严密防护下。吃饭时，孩子说起方舟的灵子力充能完毕了。

"那好，那就让其他人去吧。"宁秀拉住他的手，"我家小越已经很努力了，接下来，就交给其他小朋友吧？"

孩子眼神含笑望着母亲。这并不像十几岁的孩子的眼神，反而像是能看穿一切。

"妈妈是不是怕我走？"他问，"怕我回到过去，就再也回不来了？"

当然怕。这还用问？宁秀每夜的噩梦，都是孩子离她而去。

"妈妈，放心吧。"他拍了拍母亲的背，"我不会离开你的。不，没有一个孩子会离开他们的母亲。"

这是什么意思？

宁秀呆呆地抬起头，很多时候，她必须思考一会儿，才能明白从自己天才儿子嘴里说出的话。

"意思就是……"

林越君正要开口，突然，家里的房门被人打开。负责人气喘吁吁站在外面："方舟出事了！"

12

方舟出事了，可是，林越君却很平静。

"就在晚上六点，原本拥有船票的孩子都失去了船票。"他也抓起了林越君的手，银白的符号消失了，"到底是怎么回事？小越，你上次进入那里，有发现什么异常吗？！"

林越君只是微笑，然后拉着负责人走进书房，关上了房门。

宁秀听见房门反锁的声音，她的背后冷汗流淌："小越？小越，你做什么？"

里面的密谈足足进行了一个多小时。书房门打开了，负责人面色惨白地站在里面，像提线傀儡般，跟着林越君走出来。

"妈妈，我们一起出发。"孩子说。

"可是，妈妈不能上船……"

"一起走。我已经找到能让我们上船的方法了。还有，叫上爸爸，带上外婆，还有其他你希望能带上的人。"他看了眼钟，"二十四小时后，方舟外的海上平台见。"

13

二十四小时后，是凌晨。

黑色的大海等待着五个小时后的初阳，寒冷的海风仍呼啸着，席卷着人们的鼓膜。外婆坐在轮椅上，由宁秀推着；父亲匆忙从 M 国赶来，不知出了什么事。

方舟外的海上平台属于各个不同的国家，从空中俯视，宛如一幅黑白的像素画。须臾，两艘快艇载着负责人和他的家人来了。

"小越，这到底……"

宁秀拢着羽绒服，试图在寒风中让声音尽可能地平静下来。林越君听见了母亲的声音，却只是伸出一根手指抵在唇前：

"嘘……"

大约十五分钟后又有船来了。只不过，这次从上面下来的，是穿着囚衣的囚犯。

"罪孽值的增长范围是很好确定的。"林越君走到那些茫然的囚犯面前，"其中，杀人是最重的罪行。杀一个人的罪孽值增长大概是……300。"

这时，负责人竟然直接拔出枪，对准其中一个囚犯的眉心开枪。伴随尖叫声和血花四溅，囚犯的尸体被抛入黑色大海。

他头顶的罪孽值闪动：398。

一个银色的印记出现在他的手腕——那是船票。

"灵子力的判定系统，我最终还是将它攻克了。"林越君也拿过了一把枪，然后交给了父亲，"评判的依据是不可能改变的，比如原来是罪孽值，不可以改成智商或者身高，但是……"

他握着父亲的手，将枪口抵在一名囚犯的头顶。

"但是，评判标准是可以改变的。原来，只有罪孽值低的人才可以进入方舟，而现在，我将它改为了罪孽值高到足以达标才可以获得船票。"

男人的手剧烈颤抖，被儿子引导着扣下了扳机。他也获得了船票。

宁秀跌坐在地上越扩越大的血泊里。林越君又让意识不清的外婆握住枪，再次得到了一张船票……

那边，负责人也在替他的家人"买票"。

14

"妈妈。"

孩子熟悉的声音在她的面前响起。

林越君握着枪,满身鲜血,站在她的面前。

"来吧,我们一起回到过去,拯救未来吧。"他笑着将枪递给母亲,"我和妈妈一样,都不愿意抛下任何一个家人的。"

宁秀纤细的手颤抖着握住了沉重的手枪。海风呼啸而过,银白的方舟在黑水里沉沉浮浮,冲淡血腥。

15

2034 年一个晨曦微露的早上,一声枪响在女人的尖叫后响起。随后,一切归于寂静。

END

谜题1

本故事内的关键数字线索是?
(提示:个位数,跟罪孽值有关)

谜题2

这个故事的真相是什么?结局是什么意思?请写下你的猜想。

隔壁的邻居

我怀疑隔壁邻居杀了人。

谢今朝

隔壁的邻居

作家协会会员,每天读点故事签约作者,文章风格多样,尤爱悬疑脑洞类故事。

文/谢今朝

我怀疑隔壁邻居杀了人。

那是一对两周前才搬来的情侣,我们还没打过照面。两人总在深夜吵架,直到今晚,女人一声惨叫,再没了声音。

可现在,那女人出现在我家门口。

她披头散发,身上还滴着血,咚咚敲门:"开门啊,我知道你在听。"

"阿强,还记得我吗?"

我愣在原地。

我根本不认识她。

但我还真叫阿强!

1

　　为了欢迎新同事，晚上聚餐我喝了很多酒，本打算冲个凉赶紧睡觉，却听见隔壁夫妻激烈的争吵声。

　　我不耐烦地吼了一嘴，可得到的回复却是女人的一声尖叫，随后，争吵声戛然而止。

　　我有点儿慌，甩了甩脑袋上的水珠，愣了将近一分钟，才感觉慢慢缓过神来。

　　那男人做什么？该不会把妻子弄死了吧？

　　想到这儿，我试探性地问道："喂！你们没事吧？"

　　男人没有回复，世界也像死一般的寂静。

　　我忽然紧张起来，心怦怦地跳着，不断地加速。

　　"喂！说话！再不说话我可要报警了！"

　　虽然嘴上在吓唬他，但我心里却慌得要死。

　　到底什么情况啊？

　　我蹑手蹑脚地凑到墙边，想仔细听听隔壁的动静。可不知道是不是喝得太多出现了幻觉，我仿佛听见男人低沉的呼吸，就好像此刻他以同样的姿势附耳倾听。

　　一下子，我腿有点儿软，恐怖电影中凶手杀掉证人的桥段在我脑海中不断浮现。

　　我默默地告诉自己，必须要做点儿什么，可就当我拿起水果刀做好一切防身准备的时候，却忽然听见男人的声音。

"不好意思，刚才有只蟑螂，现在被我踩死了，这么晚打扰你休息实在抱歉。"

我有点儿蒙。

"那你妻子……"

"哦，她睡得跟死人一样，晚上有只蟑螂爬到了床头，她从小就怕，所以才跟我吵了起来。"

我不觉恍然，原来这便是女人尖叫的原因。我长长吐了口气，死里逃生的侥幸感让我迅速终止了这场对话。可就在我放下水果刀为自己的胆小感到有些可笑的时候，嘴角的笑容却不由慢慢凝固起来。

不对，这场架结束得太突然了。

尖叫声后，也再没听过女人的声音。这不符合常理。

显然，男人是在隐瞒着什么。

很快，我萌生了一个大胆的想法。

没错！我正在经历一场凶杀案。

而作案的凶手，就是隔壁男人，我的邻居。

2

都说远亲不如近邻，可事实上，我从未见过他。

印象中，他们似乎是两周前搬到这里的，我没有目睹他们搬家的经过，只是在当天晚上听到他们争吵的声音。

在此之前，我住在这里三年，隔壁一直很安静。

但自从他们搬进来，安静的生活便破碎了，两个人总是为了鸡毛蒜皮的小事争吵不断，一副随时都要动手的样子。

更奇怪的是他们吵架的时间，几乎清一色的在午夜十二点以后，就好像到那个时间点才能出来活动一样。

出于对过往种种传说的将信将疑，我还特意咨询过住在八楼的风水大师，他当时说了几句莫名其妙的话。

"这世上本没有鬼。

"死的人多了。

"便有了鬼。

"记住，不要和他们说话！"

再往后，他一言不发，神龙见首不见尾，只留下我在门口独自凌乱。

此后，出于忌讳，任他们半夜吵得如何不可开交，我也总是选择性地装聋作哑。

今天，也是喝多了酒，一时上头，便忘了大师对我的告诫。

于是，我听到了大概是此生距离最近的杀人经过。

我狠狠地抽了自己一巴掌，当火辣辣的疼痛感自脸庞传来，我很确定，这不是梦，而是正在经历的恐怖事件。

我决心报警，让警察救我离开困境，可正在这时，房间的门铃响了。

"叮咚……叮咚……叮咚……"

一声，三声，九声！

门铃响了一遍又一遍，可不断自我催眠导致的恐怖感让我丧失了开门的勇气。

我蜷缩在沙发上，哆哆嗦嗦地按下110三个数字，可就在我即将按下拨号键的时候，门口却突然响起一个女人的声音。

"你听得到吗？

"你好，我是隔壁的邻居。"

3

在我的逻辑里，她已经死了。

在他丈夫的口中，她也睡得跟死人一样。

她不应该出现在这里的。

可当我小心翼翼地走到门口，透过猫眼，又的确看到了一个披头散发穿着碎花裙子的女人。

更可怕的是她的喉咙处，似乎还滴着血！

我忍不住低声骂了句国粹，身子不由自主地向后退，一不小心撞到桌子，刚刚接好的半杯水摔到地上。

"嘭！"

碎玻璃四溅，水淌了一地，我顾不得收拾，抄起桌上的花瓶摆件，便惶恐地望向大门。

许是听到屋里的动静，门口的女人说话了。

"开门啊，我知道你在听。"

"阿强，还记得我吗？"

我姓高，单名一个强，阿强是我的小名，周围的同事朋友都这么叫。可隔壁的女人为何知道？

我明明没有和她说过话，更没有跟她见过面，她怎么会叫出我的小名？

她到底是谁？

我如何想便如何问，女人的回答倒也干脆。

"我是三年前被杀掉的女孩，阿强，你还记得我吗？"

4

三年前，这栋楼里发生过一起杀人案，死者是一对情侣。

起因是小两口为经济问题爆发争吵，男生随后动手，用刀抹了女孩的脖子，清醒后痛苦万分，服毒自杀。

发现尸体的是隔壁3601的邻居，她感觉屋里的动静有些不对，便报了警，奈何，为时已晚，惨案铸成。

邻居觉得晦气便将房子低价租给了我。

三年来倒也平静无事，直到隔壁的小夫妻搬了进来，诡异的故事又仿佛重新上演。

我倒吸一口凉气，浑身不自觉地跟着发抖。

我不明白，那女人怎么会认识我？

冤有头，债有主，当年女孩是死在自家男友的手中，这与我又有什么干系？

难道说，事情并非如传言的那样？小情侣的死另有隐情？

我胡思乱想，焦虑不安。

门口女人一遍又一遍的"阿强，你还记得我吗"如催命的符咒，消磨着我所有的意志。

渐渐地，恐惧积沙成塔，不经意便达到了峰值。

不知道是谁说过，人一旦害怕到了顶点，便会愤怒。

此刻的我深有体会，花瓶在手，忽然便生出一种就算死也要拉一个垫背的勇气，我吼道："我管你是什么！有种进来啊，我和你拼啦！"

不知道是不是我这一声喊得太有气势，那女人闷哼一声便再没了动静。

"就这？"

我心中腹诽"女鬼"的战力，可想到恐怖片中那些阴魂不散的可怕场景，出于谨慎，也没有立刻查看门口的情况。

大约三分钟后，我换了一条干净的裤子，项上挂着几年前旅游时被人忽悠买的玉制平安扣，左手金镯，右手银镯，腰悬一块桃木牌，嘴里嚼着大蒜，手中是沾过鸡血的菜刀，如果再有一包黑驴蹄子，便是妥妥的摸金校尉了。

有道是人靠衣裳马靠鞍，全副"武装"，有没有实际作用不知道，但总归心里踏实了不少。

仗着一身驱邪的法宝，我鼓足了勇气，决定探查"女鬼"的行踪。我轻手轻脚地来到门口，右眼缓缓地对上猫眼，可漆黑的楼道并无半点她的踪迹，倒是隔壁 3602 的房门，不知何时敞开了一条缝，房间内灯光昏暗，门口似乎还残留点点血迹。

我脑子嗡的一声！

传说横死之人不入轮回，难道真是隔壁女人的冤魂向我求助？

有道是鬼神通玄啊，那她知道我叫什么也能解释得通了。

看起来，今晚的种种怪象若想了结，总要往 3602 走上一遭方有始终。

于是，酒壮怂人胆。

借着后劲十足绵长的醉意，我解了锁，拉开房门，走廊的感应灯没有照亮前方的道路，正好，倒也不会打草惊蛇。我用菜刀轻轻推动隔壁的房门，屋里安静得如一潭死水，我沿着狭窄的玄关进入客厅，昏黄的灯光下，一幅骇人的场景映入眼帘。

大厅里，整整齐齐地躺着两具尸体，一男一女。

女的颈部中刀，气毙身亡；男的嘴唇发紫，中毒而死。

就像是三年前的那宗惨案，一模一样！

5

"咣！"

菜刀掉落地上，连带我的胆子，也摔了个粉碎。

我呆若木鸡，害怕得连喊声救命都给忘了。

活这么久，我好像从未经历过如此真实的杀人现场。以往电视里荧幕上的凶杀桥段，还只是单纯视听上的呈现。

可当你置身于尸体旁，你能清晰看见死者痛苦的表情，能感受到房间里死寂一般的气氛，能闻到弥漫在现场浓浓的血腥味，如果你愿意，伸伸手，甚至能触碰到真正的尸体。

不需要任何恐怖音乐烘托氛围，此时此刻，我已仿佛置身阎罗殿。

种种噩梦席卷而来。

"呕！"

我无法控制地吐了一地。

恶心，难受，恐惧，担忧。

万般情绪汇集一处，只有四字，不可久留。

我逃命似的离开现场，回到家，关上房门，锁了两道锁，才感觉情绪稍稍稳定。

我像一摊泥一样倒在沙发上，我努力地合上眼试图忘掉一切，可那残酷的记忆却似乎已烙印在我生命中，无法遗忘。

流淌的鲜血，死去的尸体，分手的女友，曾经的回忆……

一幕幕周而复始，我好像从前见过，又不记得过往的自己。

终于，血淌满了世界，像莫比乌斯之环，在我的生命中不断循环。

我崩溃了，号啕大哭。

深夜里的一个人，像条被命运之神遗弃的狗。

所幸，哭是疗愈心灵最好的良药。

痛哭一场，我渐渐清醒起来，盘算着今晚经历的所有事情。

我知道，该报警了。

无论案件如何风云诡谲。

两条人命，的的确确死在了隔壁。

我读过许多侦探小说，知道凶手总是善于利用恐怖的传说，将杀人的罪名嫁祸鬼神。

大师说得不对。

这世上本没有鬼。

即使死的人再多，

也没有鬼。

有的，不过是要为死者复仇的信念以及为真相永远不停追寻的正义。

我深吸一口气，拿起先前仍在桌上的手机，摁下110三个数字，打算将命案前后的经过告知警察。

可就在这时，楼栋微信群炸锅了。

起因，是一条消息。

一条让我破除迷信后又不得不怀疑人生的消息。

死人，说话了。

6

这栋楼年轻人居多，打游戏看剧耍手机睡得都晚，但微信楼群却鲜少有人说话。

尤其是过了十二点，更加如此。

可今天的凌晨，12:20 分，微信楼群忽然弹出一条消息：

"杀掉我女朋友的人，我不会放过他！"

说话的，是 3602 室住户。

没错，我隔壁的邻居。

大约估算一下时间，正是我疑惑他是否杀掉了自己妻子的那会儿。

可群里的他却说，不会放过杀掉自己女朋友的人。

这的确是句令人匪夷所思的话。

但大家的关注点似乎并不在那儿。

3201："大半夜的谁这么无聊，搞这种恶作剧。"

3704："就是，人都死了好久了，别开这种玩笑。"

3102："自打 3602 死过人后，就再没有人住进来，死人还能玩微信呐？偷笑（表情）。"

3202："这我可以做证，3602 的房东和我关系特别好，他人在国外，两年前还委托我帮忙租房子，但自从那件事后……你们懂的，谁也不愿住凶宅。"

3301："哈哈哈，小把戏被揭穿了，快告诉我是谁家熊孩子的恶作剧？"

看到这儿，楼群的氛围一片祥和，可我的后脊梁却一阵阵地冒凉气。

啥？

没住人？

那我这些天听到的吵架声算怎么回事？

晚上和我说话的男人算怎么回事？

留着缝隙的房门算怎么回事？

死在那间屋子的两具尸体又算怎么回事？

我哆哆嗦嗦地向下翻，好在，有人提出同样的疑问。

3603："等等，不可能吧，我这两天出差在外地，可前几天在家的时候，半夜就总能听到吵架声。"

3502："没错，刚才还吵着呢，不但如此，我晚上冲凉的时候，浴室天花板还往下滴红色的水，你们说，会不会是血啊？"

3203："大哥，别吓唬人啊，我下班回来晚，从没看那间屋里亮过灯，应该不会住人吧？"

3301："哎哟，还有反转呢，有意思有意思，爆米花可乐已就位，你们快编，我都等不及了。"

3603："3301你别瞎凑热闹，喂，你们说，会不会是因为死过人，里边不干净啊？恐怖（表情）。"

3401："我也纳闷，不是他自己把女朋友杀了吗？跟谁报仇呀？三角恋？"

3202："我倒是听3602的房东说起过一个版本，和警方公布的结果不太一样。据说杀掉女孩的人不是她的男朋友，而是一个入室行窃的小偷。

"他趁小情侣没回家，偷偷潜入屋中行窃，不想小情侣因为吵架提前回来了，小偷万般无奈，躲在客厅的沙发下面。本打算等到小情侣回卧室休息便悄悄溜走，没想到两人吵得越来越厉害，动了手，沙发的垫子被他们当作吵架的武器，小偷便暴露了出来。女孩大叫，情急之下，小偷杀掉了女孩，男生奋力反抗，也被小偷击晕。为了不把自己牵连在内，小偷给男生喂下毒药，将两人的尸体搬到一起，伪造出一副男生失手杀人后自杀殉情的样子，这也是男生额头有伤痕，却迟迟找不到造成伤痕的凶器的原因。

"而警方之所以按杀人后自杀的结论草草结案，也是为了麻痹那个小偷的神经，让他放松警惕，为抓捕制造有利条件。可惜，三年了，那个小偷就像是人间蒸发一样，没有任何相关的消息。

"所以，3602没人住我可以确定，但是不是那个男生的鬼魂回来复仇，我就不好说了。"

3704："害怕（表情），你的意思是那小偷就住在这栋楼里？"

3202："谁知道呢，不做亏心事，不怕鬼叫门。"

看到这里，我一脑袋问号。

想想自己今晚的经历，敢情我就是当年那杀人的小偷是吧？

这都哪儿跟哪儿啊？

我一阵无语，想打字反驳，可就在我将一连串的质问写下即将发送的时候，群里的一段发言引起了我的注意。

特别是发言人的房间号码，我很熟悉。

3803室，风水大师。

7

我与大师素未谋面，有限的几次谈话，也总是有着一门之隔。楼里无人见过大师的样子。

但凡是丢了什么东西，遇到什么诡异的事，只要真心真意请教大师，就总能在很短的时间内解除困境。

我的桃木牌便是在经历过一次鬼打墙事件后从大师手里购买的。

大师不图金银。

上好的千年古桃木，也只要了我3800，据说，还够不上个路费钱。

我心怀感激，于是，每到逢年过节，就总会买些不太贵重的礼物以表心意，但除了那部新出的手机其他礼物大师一律没要。

他说，修行修心修口修的是业，本不该要我的礼物，无奈苹果五行属木，与我犯冲，万万不可久留在我身旁，但念我赤诚一片，这才勉强收下算是替我消灾解祸。

我十分感念，就这样，与大师成了神交的朋友。

前不久隔壁的小情侣时常午夜吵架，我也曾找大师帮忙，可得到的回答却是什么"这世上本没有鬼，死的人多了，便有了鬼"，只有末尾一句"不要和他们搭话"我听得懂也最为灵验。

仔细想想，所有的事情也的确都是从我那一声吼开始。

一饮一啄，莫非前定，着实神奇。

不过，更神奇的是大师在群里的发言，他讲述了另一个版本的故事，关于三年前案件的真相。

男生并没有死。

那一日，小情侣也没有吵架。

下班回家的女孩正准备料理晚餐，却意外发现自己的同学正坐在自家的沙发上，那是女孩曾经暗恋的对象，突如其来的相遇让女孩有些不知所措。

她问同学为什么出现在这里。

他说门没有锁，就进屋等她了。

女孩想，一定是自己大大咧咧的男朋友离开的时候忘记锁门，便没在意。

于是，两人寒暄起来，聊得很开心，过程中，同学表示出对女孩的喜欢，说自己最近如何工作不顺，说自己过往如何有眼无珠。

他想和女孩在一起。

但伤过的心无法愈合。

女孩撒谎，说她要结婚了。

同学愤怒，他激动地抓住女孩的肩膀，质问她："不是说永远都不会变心吗？"

女孩奋力挣脱，甩了同学一巴掌。

她说过去的事不要再提，人要为当初的决定负责。

同学失去了理智，将女孩推到沙发上，想要用强，可劣质的沙发哪能承载两人叠加的重量，瞬间凹陷，让沙发底下藏匿许久的小偷发出了哀号。

一时间，三个人都慌了，小偷害怕，凶性大发，他和同学扭打在一起。女孩想要上去帮忙，混乱中，却被同学手里的刀抹到了脖子，失血过多的女孩很快失去了生命。

小偷见闹出人命想要逃跑，同学却威胁他，如果逃跑就说他是杀人的共犯，小偷无奈，只好和同学一起处理尸体。

其间，同学悄悄将毒药下在给小偷的水里，小偷没有察觉，服毒身亡。

同学将案发现场伪造成一副小偷是女孩的男朋友，因为吵架失手杀人后自杀殉情的样子，便离开了。

3301："那女孩真正的男朋友呢，那个男生，从头到尾都没有出现过。"

3803大师："当然，因为他被一个更大的谎言蒙蔽了，直到今天，他才明白。"

8

男生一直是女孩的备胎。

追求八年，才终于勉强修成正果。

女孩说，她想结婚了。

男生穷尽所有准备婚礼。

但终究男生只是一个普通人，奋斗的所有成果也无法满足女方家里的要求。

于是，男生不得不选择退让，在案发的一早不告而别，离开了这个伤心的地方。

此后，他也曾试图联系女生，可得到的结果，却是始终无人接听。

他以为这段感情结束了。

单纯善良的男生为此难过伤心了许久。

直到他无意间听说女孩的死讯，才失魂落魄地跑了回来。

看着女孩生前的遗物，里面满是自己送给她的礼物。

他才知道，女孩还一直爱着他，只是迫于家人的压力，不得不放弃这份很难过得幸福的爱情。

贫贱夫妻百事哀。

男生大哭了一场，决心为女孩复仇。

他知道，女孩的死一定不像表面看上去那样简单。于是，他默默调查，搜集线索，终于让他找到了真相。

3201："他找到女孩的同学了？"

3502："还是他被女孩的同学反杀了？"

3803 大师："同学是个很小心的人，案发后，他改头换面，换了一个身份又重新回到了这栋大楼，为的就是第一时间能够得到有关这件案子的消息。男生正是发现了这点，才会说出刚才的那番话。"

不知道是不是巧合。

恰在此时，3602 室住户又发送了一条消息。

这次，多了一个字。

"对！杀掉我女朋友的人，我不会放过他！"

微信楼群里的众人瞬间沉默。

9

此时，凌晨 12 点 30 分，大概正是我与门口"女鬼"周旋的时候。

微信楼群恢复了往日的宁静，但那仅仅是短暂的三分钟。

三分钟后，一条又一条的消息开始炸群。

3704："我去，震惊（表情），我们之中竟然有当年的凶手？"

3202："我目前保持怀疑的态度，话说，大师你还卖平安符吗？"

3201："好吓人啊，这大半夜的要不要这么刺激！"

3301："这比午夜恐怖故事有意思多了，大师，那凶手到底是谁啊？"

3403："笨！3602就在群里，问大师干吗？兄弟，话说你要找谁报仇，需不需要我们帮忙？那个……我是律师，我觉得如果有证据，还是走法律程序比较好。"

3501："对对对，冲动是魔鬼。"

……

微信楼群里发出的信息一条接着一条，可无论是3602室的男生还是3803室的大师都没有再回复。

大家猜测，可能是3602室的住户动手去了。

3502："没准刚才3602已经动手了，我刚才冲凉的时候天花板还在滴血，现在已经正常了。"

3603："另外，3602的吵架声怎么解释？我听着可像一男一女两个人。就算3602的男生现在回去了，可那个女的是谁？"

3701："就不允许人家开始新生活啊？"

3202："开始新生活我没意见，可是不是该把房租补交一下？"

正在大家你一言我一语讨论的时候，从没说过话的3604室住户发送了一条消息。

"都别吵吵，我好像知道凶手是谁了。"

3301："？"

3202："？？"

3404："？？？"

……

3604："你们看看这一晚上谁没说话？"

大家看了一圈。

3301："好像是3601的哥们儿吧……"

3604："嗯，再告诉你们一个可怕的消息，我刚才看见3601的房间门口有一个披头散发穿碎花裙子的女人，她似乎在说'阿强，你还记得我吗？'"

3301："谁是阿强？"

3202："惊恐（表情），阿强是当年那个男生的名字，我记得三年前那个女孩的男朋友，就叫阿强！"

10

头又开始痛了。

好像有很长一段时间，我总会莫名其妙觉着头痛，去医院检查，也没问题。

专家门诊的老教授说，是我休息不好，劳神的缘故。

他给我开了一点安神的药，聊胜于无，并没什么实质的效果。

倒是这几天车轮一样连轴加班，没工夫胡思乱想，头痛的症状倒减轻了。

我以为，或许再不会头痛，病痊愈了。

可当我看到3202室住户的那段话，蔓延至整个大脑的疼痛感却比以往任何一次都要强烈。甚至，我出现了幻觉。

幻觉中，我是3602室那个死掉的男生。

我与女孩大吵了一架。

她嫌我穷，要和我分手。

我威胁她，敢分手就和她同归于尽。

她上来抢我的刀，我攥着不给，却不想争夺中无意间划破了女孩白皙的脖颈。

血，流了下来。

女孩眼含热泪，她埋怨地看着我，眼神中却又有一丝说不清的释然。

她倒下了。

我悲痛欲绝，拿起桌上整整一瓶安神的药，愤然吞下。

模糊中，我看见3602室的门牌。

"这是我吗？"

我喃喃自语地问着，如钻心一样的疼痛感愈发强烈。

我忍不住痛苦大叫，那绝望中爆发出的力量顷刻间湮灭了病魔，也将我拉回了现实。

我满头大汗，气喘吁吁。

仿佛从噩梦中清醒的我深深吸了口人间的空气。

我定了定神。

看见3604室住户最新的消息："3601室中刚刚发出一声惨叫，要不要报警啊？"

我迅速敲下一行字回复。

"当然要报警，不过不是因为我，而是3602室有命案。"

11

头痛感退却的我将今晚经历的种种事件用语音的形式在群里公布。

有人相信，也有人怀疑。

3301："这太假了，一听就是编的。"

3604："除了你，我没看到有'人'从3602进出过。"

我没有反驳，只说警察一到自然有真相公之于众，届时，我是不是凶手，有法律定夺。

神神鬼鬼折腾了半宿，大家也都赞同我的说法。

不过，考虑到我可能在报警说辞上做文章，便由大家一致推选，让3403室的律师代为报警，并将相关录音在群里发布。

二十分钟后，东海市刑侦支队队长南柯到达现场，第一时间便对大楼进行了封锁，在确定案发时间段无人离开大楼以后，便开始了仔细的调查。

而我，作为现场的第一目击者，自然是首位要被问询的对象。

地点，考虑到环境因素，暂时定在我的家中。

倒好两杯水，我与南柯警官相对而坐。

看得出来，大半夜执勤，他的精神并不算好，虽然没有打哈欠，但眼睛里的血丝已经透露出身体的疲惫。

我问他要不要歇一会儿。

南柯警官摆了摆手，道声无妨，随后便对我开始询问。

我一没杀人，二没做亏心事，自然是知无不言和盘托出，南柯警官听得眉头紧锁，他看过现场证据报告后，问了我两个问题。

"一，吵架的女人与门口说话的女人不是一个声音，对吗？"

我点头。

"二，3602室的男人与3803室那个所谓的大师是一个声音，对吗？"

我摇头。

但想了想，似乎两人的声音还真有一点儿相似的地方。

毕竟，往日里大师说话，总是刻意压低嗓子，如果是平时的声音……

"我不确定。"

对南柯警官，我如实相告。

似乎是很满意我的回答，南柯警官的嘴角翘起一个浅浅的弧度。

可我却越发深入此山中，云深不知处。

他为何会问这样两个问题？

难道我素来敬重的大师会是本案的凶手吗？

正当我一头雾水的时候，南柯警官推过来一张照片。

照片上，是一个长相清秀但身材矮小的中年男人。

他问道："见过吧？"

我仔细端量了一下，好像有点眼熟，这不是死在隔壁的那个男人吗？

"我知道，他就是和妻子半夜吵架的那个男人，躺在隔壁的那具男尸。"

南柯警官敲了敲照片，露出意味深长的笑容。

他柔声道："那如果说，那具男尸就是你天天敬仰供奉的大师呢？"

12

晴天霹雳！这一句话炸得我外焦里嫩！

"什……什么！死的那个男人是八楼的大师？"

我话都说不利索了，一时间，无法接受这个可怕的事实。

但南柯警官的神情很笃定，他点了点头。

"你口中所谓的大师，叫李虎，是全国Ａ级通缉犯，诈骗涉案金额高达三千余万元，曾流窜汉东、京海、龙番等多地作案，近期，才潜入咱们东海市。前些日子你所在的一鸿集团经历过一起诈骗案，貌似就是此人的手笔。至于他行骗的手法嘛，你也熟悉，无非就是伪装成风水先生或算命大师替人看相看宅。当然，他看得并不灵验，之所以十卦九灵，除了利用看相人的心理之外，更多的，是因为他会提前布局。"

"布局？"

"没错！说你遇到血光之灾，便悄悄找人打你一顿。说你最近财运不济，便找人寻你工作的麻烦。像是你刚刚提到的鬼打墙，应该就是利用了类似换门牌与搞坏楼道灯的小把戏，让你误以为是撞见了鬼。迷信迷信，先迷而后信。人们对未知事物本就是恐惧的，很多无法解释的事情也总喜欢以鬼神的名义故弄玄虚，所以，晕晕乎乎你便信了他的话。我猜，他应该骗了你不少钱吧？"

我掰着手指头数了数，阵阵苦涩涌上心来。

"有个一两万吧，可我想不明白，他要是指望吃我他得饿死，我一个人脱离温饱线也没多久呢。"

南柯警官轻轻一笑。

"涉案三千余万元的全国 A 级通缉犯，看得上你那仨瓜俩枣吗？他当然不是为了钱，他对你布局，叫你对他言听计从，真正的目的，是因为你是一鸿集团的财务人员，他控制了你，便能销毁作案的证据。"我这才恍然大悟。

"那今晚的事！"

"对，都是他一手策划。当他听说 3602 室的凶案以后，他便意识到机会来了，他是个八面玲珑的人，早就听说过 3602 室以前发生的凶案。于是，他故意与你说了些不着边际的话，又在今晚制造恐怖的气氛。证据显示，今晚微信楼群中 3602 室住户与 3803 室住户的发言就是他用两部不同手机发的。"

我愤恨不已。

"有部手机还是我送的……"

南柯警官哑然失笑："当然，不仅如此，他脖子上的红色颜料痕迹与在现场被隐藏起来的裙子假发也都能佐证我的观点，夜里的'女鬼'一定是他。只是有一点我不明白，你说，他为何要自杀呢？"

"谁说他是自杀的，谁要死了还装神弄鬼吓唬人？"

南柯警官点了点头，他注视着我："这么说，你承认了？"

"承认什么？"

南柯警官耸了耸肩膀："你这就没意思了。他如果不是自杀，那就一定是有人害了他。而按照 3604 单独报案时提供的证词，案发前后，除了'女鬼'，就只有你一人进出过3602的房间，那凶手就只能是你。何况，现场还发现了一把带有你指纹的菜刀……"

"那上边是鸡血，是大师说可以辟邪！"

我急得像热锅上的蚂蚁，但南柯警官好像认定了我是杀人凶手。

他站起身，拍了拍我的肩膀。

"阿强，我给你十五分钟的时间思考一下，要不要把案件的真相说出来。十五分钟后，即使你愿意，也不算是自首了。"

我刚要解释，南柯警官便头也不回地走了。

我听见他跟门口的警员说，让他挨家挨户地告知一下，凶手抓到了，是3601的住户，让大家安心，好好休息。

我心急如焚，可就在我想要拦住南柯警官的时候，他的目光紧紧锁向了桌子，我这才发现，不知道什么时候，桌子上多了一个信封。

我似懂非懂地看着他，这才在目光中读到一点难得的信任。

我目送他离开，关上了门，一个人的午夜里，我打开信封。

里边是一封信。

字很丑，七扭八歪。

可我却莫名感到亲切。

我用几乎只有自己能听到的声音轻轻念着。

"高强，不要慌，我知道你不是真正的凶手。你没有听错，现场的确有除你之外的第四人存在，只不过，他消失了，隐匿在这座大楼之内。在没有搜查权限的情况下，我无法进行大规模排查。没办法，我只好将所有的嫌疑暂时指向你，声东击西，引蛇出洞。

"也许你会感到奇怪，作为警察，我为什么会跟你说这些话。说出来你可能不信，这是我们第十七次在这个时空相遇了。是的，我们进入了循环。在十六轮前的第一次相遇中，你被凶手杀掉，我轻敌大意中了埋伏，也被凶手夺去了生命。那以后，我意外进入了循环，时空中，似乎只有你保留同样的记忆。但很可惜，无论我们怎样预防如何设计，都无法逃脱循环的限制。

"后来，我大概知道了，似乎只有你活下来，才能逃脱循环的宿命。但是一次次的循环，一次次的死亡，遭受巨大刺激的你慢慢失去了过往的记忆，你不再记得我，也不再记得自己曾经的经历，而无法相互配合的我们，也根本挣脱不了命运的牢笼。

"高强，我不知道你的状况如何，我的身体已经越来越虚弱，我不知道自己还能经历几次循环，但我想，时间不会太多了，这是我们为数不多自救的机会。今晚，请你相信我，我会带你从噩梦中醒来！十五分钟后，是凶手高频的作案时间，我没有走远，遇到危险，请大声呼救。希望这一次，我们能走出循环!"

13

时间循环。

悬疑电影里常见的元素。

一个人因为某件事一遍遍重复某天的生活。

除"他"以外,再无人保留相关的记忆,像是闯关游戏中死后可以重生的角色设定。

一次次经历,一次次挑战,一次次无可奈何。

直到你发现循环真正的原因,击败那个将你滞留在时间中的梦魇。届时,你便可以走出循环,继续你原本平凡而又精彩的生活。

如果不是一名警官与我说起,我根本不会相信这个荒诞的设定。

时间循环?《忌日快乐》?《源代码》?

我从未想过自己会成为"电影"的主角。

但近期没来由的头痛,对以往事情越来越模糊的记忆,还有对许多事莫名其妙的熟悉感与亲近感,都显得那样不同寻常。

或许,我是进入循环了。

在一次次死亡中失去了记忆。

难怪，很多事那样巧合。

大概，是因为我遗忘了过去。

我放下信，长长地吐了口气。

我看向这间屋子，忽然觉得陌生，又觉得哪里似乎不太对。

但一时间，也没有具体的头绪。

毕竟，只剩下十三分钟的生命了，相比于死亡时刻的慢慢临近，那些所谓的直觉又算得了什么呢？

当务之急，是找到凶手藏身的地方。

我走到沙发旁坐了下来，盘着腿，静静思考今日的一切。

首先，是今晚的开始。

隔壁夫妻激烈争吵，我吼了一声，女人尖叫，与此同时，3502的住户说浴室天花板有血水滴落。

这应该是第一起命案发生的时候。

接下来，是凶手与我周旋，搪塞说是妻子遇见了蟑螂，想要打消我报警的念头。

但令他没有想到的是，3803室的风水大师李虎为了利用我消除自己诈骗的证据，在今夜晚间特意布局。

他先是在微信楼群里一人分饰两角制造恐慌，即3602室的男友与3803室的自己，随后扮作三年前死掉的女孩来吓唬我。

过程中，大概是引起了隔壁男人也就是本案凶手的注意，所以他捂住大师的嘴，将大师挟持到了3602室并实施杀害。

而基于三年前发生在这套凶宅的命案，男人灵机一动，想到布置成当年一模一样的死亡场景正好可以混淆视听，给人一种好像是厉鬼回来复仇的错觉。

此时，我正在屋里做心理建设，好不容易全副"武装"出门查看，便看到了男人精心布置好的杀人现场。

我魂不守舍地回到了家里，接下来，便是看到微信楼群里的一条条消息，最终把嫌疑引向了我。

"3604。"

他是唯一指证我出入过现场的人，如果没有他，大概不会有人把注意力放在我的身上。

我忽然想到一种可能，如果此时的3604已经不是本人在发送消息，而是男人替代了他，那么……

一念至此，我迅速翻看了手机，打开与3604室住户的聊天记录，再查阅他今日楼群发言的消息。

果然，一个人的样貌可以改变，但一个人的习惯无法改变。

3604室住户往日聊天时总习惯以两个"~"作为结尾。

而今日群里的发言，却没有用到这个符号。显然，这不是他本人发送的消息。

那发消息的人，便只可能是他了……

我激动地想和南柯警官立即分享这个消息，但正在此时，楼群里的一条消息打消了我的念头。

3202："刚才和3604视频通话了，多亏他长个心眼儿单独报警,要不然也不能那么快锁定3601的嫌疑。"

群里一片赞美之词。

我有点儿蒙。

视频通话?

3202室住户是这栋楼的老住户了,他几乎认识这里的每一个人,如果3604室住户有什么异常,他不会察觉不到。

这样一来,3604室住户便不会被男人替代了。

如果是这样的话,那现场便的的确确只有我和风水大师进出过,那凶手是怎样离开现场的?

阳台?

这里是六楼,可能吗?

对了! 3603室住户出差,家里没人,如果通过阳台进入房间,他可以躲藏在3603,伺机动手。

我站起身,想要跟南柯警官讨论一下我的想法,却不知被什么东西扎到了脚。

我低下头,原来是之前打破的玻璃碎片。

等等!

我知道是哪里不对了!

刚才玻璃打破后好像不是散落成这副样子。

阳台旁的小碎片消失了,可我根本没有去过阳台!

那只有一种可能……

我顺着水渍形成的细微脚印慢慢观察,最终那脚印消失在了沙发的底部。

我深吸一口气，一把拽开沙发垫，一道黑影冲了出来，明晃晃的刀耀眼夺目。我大声呼喊南柯警官的名字，凶手却早已扑了过来，我躲闪不及，争斗中被他逼到了阳台。划伤我的胳膊后，他攥住我的双腿用力一扔。

"永别了，我多管闲事的邻居！"

14

再醒来，是在医院的病床上。

我像是做了一个很长的梦。

阳光轻柔地抚摸着我的身体，暖洋洋的，十分舒适。

南柯警官也在房里，他站在窗边，尽情享受阳光的沐浴，见我醒了，他笑着转过头。

"好久没晒过太阳啦，阿强，好好体验一下吧。"

我的记忆还没有完全恢复，我说："我不太记得昨天的样子，我的印象里，好像只有长长的夜。"

南柯警官点了点头："在那漫长的夜里，我们的确是陷入了循环中，见不到天明，也找不到希望。老实说，我甚至都有轻生的念头，所幸，一切都结束了。"

"我们彻底脱离循环了？"

"没错，凶手藏在你家沙发底下，被你发现后把你从六楼阳台推了下去，还好你命大，楼下有棵老歪脖子树，你掉在上边没摔死，捡了条命。十七次循环中，这是你唯一活下来的一次，所以，循环便结束了。"

我不由吐槽："十七次才活这一次，你就不会把我保护起来，我就不信他敢在你眼皮子底下杀人。"

南柯警官一阵无奈。

"他倒是不敢，可你总是有各种各样奇怪的理由脱离我的视线，我也没办法。"

我有些无语，合着是怪我以前作死呗。

我尴尬地转移了话题。

"还是聊点别的吧，杀人凶手是谁啊？3202的邻居可说这房子因为死过人租不出去。"

南柯警官叹了口气："杀人凶手叫王石，死的那个女人叫柳青，俩人是一对小偷，最近发现这栋公寓的3602没人住，便撬开门锁，寻了个安身的所在。你夜里时常听到的吵架声，是他们因为分赃不均产生的。昨天晚上，两人间矛盾激化，正巧你喝醉了酒一声吼，王石一时冲动杀掉了柳青。事后他担心你会报警，便以谎言搪塞你。后来，又赶上你顶礼膜拜的风水大师装神弄鬼，王石将计就计，偷天换日，用李虎顶替自己，准备脱身。至于他是什么时候跑到你家沙发底下，我猜多半是你出门探险的时候吧。"

案件来龙去脉都已知晓，我也不由唏嘘了一阵。

这一夜经历跌宕起伏。

说来也不过是两起命案与一宗诈骗案叠加一处，才有诸般阴差阳错。

这世上本没有鬼，死的人多了，也就有了鬼。

"真相只要追查下去，总有破解的那一刻！"南柯警官望着窗外，神情坚定。

"阳光总在风雨后……"

抱歉，我没有唱歌，是我手机响了。

我接起来，是经理的电话。

"喂！小高啊，今天有新同事来，要欢迎一下，你别忘啦！"

我神色骤变。

欢迎新人，这不是昨天经历过的事吗？难道我还在循环里？

我失魂落魄地站起身，抬头看。

南柯警官不见了，周围的医院也不见了。

我在家中，早上七点。

窗外下着雨。

15

"轰！"

滚滚惊雷在天边炸响。

一道道白色的光仿佛割裂了我的世界。

我傻了。

第一次清醒地经历循环，那比 3D 特效更加真实的冲击力让我久久不能缓过神来。

我看着刚刚与经理的通话记录，一遍又一遍确认后，我知道，我的第十八次循环开始了。

可我明明活着，为什么还会经历循环？

难道死亡不是导致我循环的原因？

那究竟又是因为什么？

焦躁不安地思索让我几近发狂。

终于，剧烈的头痛感席卷而来。朦胧中，我看到了三年前的自己。

我与女友大吵了一架，她嫌我穷，要和我分手。

我拿着刀威胁她，说如果分手我就死在她面前。

她上来抢刀，却在争夺中不小心被抹到了脖子。

女友很快咽气了。

我不敢面对这个事实，更不敢承担这个责任。

于是，我小心翼翼地处理着有关自己的证据，却在沙发底下意外发现了躲藏的小偷。

我将他击晕，并喂下了毒药，伪造成两人为情而死的场面，随后逃遁。

大概是害怕犯案吧，又或者担心警察找到什么新的证据，本着最危险的地方就是最安全的地方，我在 3601 住了下来。

一晃三年，平安无事，直到今天种种诡异的事情发生，我才一步踏入了循环。

是的，我是三年前杀人的凶手。

之所以此前一次次脱离南柯警官的视线去寻找王石，可能是因为身负人命的我，本就不愿待在警察的身边。

这是最后的真相了。

大概为了逃出循环，自首，也是唯一的方法。

我望着天边狂风暴雨肆虐的天空，陷入了沉思。

是留在这永远没有阳光的世界好，还是面对现实承担自己的罪名好？

我不知道。

喂，看了这么久，你觉得呢？

END

谜题1
本故事内的关键数字线索是？（提示：四位数，跟凶杀案有关。）

谜题2
解锁道具·案情还原卡，
请根据故事情节标注出这些事件里的人分别是谁。

猫鼠游戏

这是一场猎杀，不过，猎人不是你了。

深钰

猫鼠游戏

90后工科生,擅长悬疑,喜欢给故事设置精巧强烈的反转,直戳读者内心。

文/深钰

1

嗒、嗒嗒嗒、嗒嗒。

一阵密集且有节奏的军鼓,接着是伴随着激昂音乐的男声念白:"I've got the reach and the teeth of a killing machine……"

我从黑暗中被这声音吵醒,有些疲倦地睁开双眼。

这是……第几次了?

左手边窗口的景物飞速后退着,座位一排五个,都坐满了乘客。车厢头部的电子屏上显示着当前的时间、车厢号和车速,还有代表车次的英文字母 G 和后面四个数字。

显然,我正在一列高铁上。

我身边坐着一个衣着清凉的美女，视线对上的同时，她嫌恶地扭开头，还从包包中掏出蓝牙耳机，动作浮夸地塞住了两只耳朵。

我给她取名叫小美，每次我只要接电话稍晚一点，她就会对我摆出一副臭脸，似乎我的铃声非常吵一样。好吧，我承认，确实有点吵。

我掏出口袋里的手机，上面显示来电是一个"188"开头的陌生号码。

"喂？"

电话里传来一个类似机器人客服的女声，她机械地说道："你有两个选项——一是像老鼠一样逃跑，另一个选项，在你的包里。"说完，电话挂断了。

还是这句台词。我又掏了掏衣服和裤子口袋，没有车票和身份证，什么都没有，身上的衣服普普通通，毫无特点。仅有一个军绿色的登山包摆在我的脚下，那是我唯一一件行李。

虽然早就知道里面是什么，但我还是弯下腰，慢慢拉开拉链，将手伸进包里。

金属的触感，凉凉的，那是一把手枪。

"妈妈，我要玩手机！"

"不行，手机快没电了，要留点电才行……阳阳乖，到站再玩哦。"

"不嘛！我现在就要！"男孩带上哭音，声音的穿透力十分恐怖。

我向斜后方瞧，一个衣着精致的男孩正缠着他妈妈要手机，同时还使劲地拍着前排的靠背。前排坐着一个戴着眼镜的上班族，他的笔记本电脑被震得一晃一晃的，但他只是皱了皱眉头，没有说话。

倒是坐他旁边的大学生模样的小青年回头，跟男孩的妈妈小声说："您好，能让孩子小点声音么？"

"小孩不都是这样吗？再说我已经说他了，他不听怎么办？"

那个大学生似乎没想到这位妈妈这么大的反应，愣了一下说道："不是，我的意思是——"

"你什么意思啊，跟小孩子一般见识，真是的！"

我饶有兴致地看着大学生和孩子母亲吵架，这是我为数不多的乐趣之一，他们的每一句台词我都能背下来。偶尔我也会干涉一下，比如帮个腔打个岔什么的，每当看到两人新的反应时，我都会欣喜若狂。

看了一会儿，时间不知不觉就来到了下午两点十三分。再有两分钟，米黄就会出现。

米黄是我起的外号，因为他总穿着一件米黄色的风衣，我能清晰地描述出他的外貌——小圆眼、浓眉毛、蒜头鼻、薄片嘴，头发很稀疏，还有一点啤酒肚。如果可以的话，我真想问出他的名字，跟他聊上两句，只可惜从来没有机会。

因为他一出现，就代表我"又"要死了。

两点十五分，米黄准时在过道出现，他直直地冲着我走过来，步履轻松，只见他右手伸入怀中，像掏出打火机一样掏出了一把手枪，黑洞洞的枪口正对着我。

一声清脆的枪响。

子弹正中我的眉间，我甚至没感觉到痛，令人安心的黑暗瞬间笼罩了我。

我死了。

但这黑暗并没有持续多久，朦胧中，我似乎听到了"嗒嗒嗒"的军鼓声，那声音越来越大，直到吵得我忍不住再次睁开双眼。

"I've got the reach and the teeth of a killing machine……"

口袋里的手机在响，我扭过头，小美正嫌弃地看着我。我看了一眼车头的显示屏，上面的时间是下午一点四十五分。

没错，我陷入了一个循环。

这辆车十二点四十五分从 S 市发车，下午四点到达 T 市，但我从来没有活到过两点半。

因为一到两点十五，那个穿着米黄色风衣的男人就会将我杀死，然后我会在半小时前复活。一次又一次，不厌其烦，直到现在，我已经数不清被他杀死了几次。

我试过找乘警，躲进卫生间，或是干脆按下紧急制动按钮，逼停这列高铁，但这也仅仅让我的死亡推迟了十几分钟。米黄总能找到我，无论我躲在多么安全的地方——卫生间或是乘务员的休息室，最晚两点半，我就会被他找到，然后杀死。

我不知道米黄为什么要杀我，甚至不知道自己是谁，就像失忆了一样。或许我曾经做过什么伤天害理的事情，以至于要遭受一次又一次的死亡。这真是世上最残酷的刑罚，无穷无尽的半个小时，无穷无尽的死亡。

我曾一度以为自己身上装了什么定位装置，可我身上除了衣服就只有一部手机，我到卫生间把衣服全脱掉仔细地检查了一遍，又把手机丢掉，还是没用。我只能怀疑定位装置被植入我的身体里面，可我只有半个小时活头，根本没有时间检查身体。

"你究竟为什么要杀我？"我真心想让米黄给我一个答案，但他只是面无表情地看着我。之前几次我也试图跟他搭话，电影里的杀手杀死目标前不都会废话两句么，至少也给我留下点线索吧。

但米黄从来没有，他只是沉默地杀死我，一次又一次，我甚至没见他的表情有过变化。

"砰"，子弹又一次射入我的脑袋，看来这次也一样。

2

"I've got the reach and the teeth of a killing

machine……"

黑暗中，我又被同样的铃声吵醒，但这次我懒得管，连眼睛都懒得睁开。这里就像是一个永无止境的噩梦，说实在的，我已经麻木了。

反正无论怎么样都是死，不如就让我瘫半个小时吧，一遍又一遍地死，我的精神已经到了极限，还不如就这样小睡一会儿，睡得迷迷糊糊，这样死得比较轻松。

但老天够残酷的，连这样短暂的安宁也不肯给我，那个要手机玩的孩子又吵又闹，然后又是同样的戏码，孩子的母亲和前座的大学生吵了起来，吧啦吧啦……

我有些听腻了，去别处眯一会儿吧。我刚起身，发现过道对面坐大学生旁边的眼镜男也正好起身要出来，他一只手拿着手机，另一只手扶着座椅靠背，手机屏亮着，似乎是要出去接电话。

"你先你先。"他谦让道。

我点点头，错身之间我瞟了一眼他的手机屏幕。走着走着，我忽然觉得有哪里不对，可又说不上来。

又走了几步，仿佛一道闪电从我脑中掠过，我僵在原地，终于知道是哪里不对了。

错身的那瞬间，我瞟到他手机上正好有个来电，来电显示是一串陌生却又不那么陌生的号码。之所以这么说，是因为那串号码正是我手机上唯一的来电号码。

就是每次重生之后必定会接到的那个"188"开头的号码。

我转身望去，戴着眼镜的上班族正站在车门的位置，一边望着窗外，一边举着电话说些什么。

我每次接通，都是一段同样的话，而且一听就是机器人语音，之后无论怎么回拨都没再接通过。而这家伙却在跟这个号码的主人聊天……有趣，实在是有趣。

身上的懒散一扫而空，我只觉得心脏跳得越来越快，这里面一定有猫腻，说不定就是这无限死亡循环的秘密所在！

我缓缓地朝着眼镜男走去，一步一步，慢慢地，悄悄地，但是好巧不巧，吵在兴头上的那位母亲突然一个高音，将眼镜男的注意力吸引了过来。

眼神相对，我明显感到几米之外的他眼神中流露出一丝惊慌。

我意识到已经打草惊蛇，索性大步流星朝他冲去，无奈就差那么两秒，只能眼看他匆忙挂断电话，然后一扭身躲进了卫生间。

我赶到卫生间门口时正好听到里面的门闩插上的声音，那家伙把自己反锁在里面。我使劲捶门，大声道："出来！"

"先、先生，有什么事，我还在用厕所……"

"别装蒜了！"我暴怒道，"你怎么会有那个号码？给我出来！"

"这位先生，发生什么事了吗？"乘务员又来多管闲事了，我没时间理她，依旧使劲砸门。见状，她皱眉道："要上卫生间可以去别的车厢，你再这样砸门我要去找乘警了！"

"要找就找，别在这儿烦我！"

乘务员被我吓到，转身离开了。这时，我听到卫生间里的眼镜男小声说道："没用的，你这是在做无用功。"

"什么无用功？你清楚我在做什么，对吗？"我激动地趴在门上，说道，"你知道一会儿要发生什么，对吗？"

"哎哟，你干吗非要来难为我呢？"眼镜男用一种无奈的语气说道，"我就是个打工的，快走吧快走吧，当我求你了！"

这个人果然知道什么！

我正考虑要不要撞门进去，被我吓跑的乘务员带着乘警过来了。

"同志，你再继续砸门，我就以破坏公共财物为由将你扣留。"乘警绷着脸说道，"现在回到你的座位上去。快点！"

我举起双手，假笑道："别别，我不砸了，我就是想跟里面的朋友说两句话。"

"我不想跟他说话，警官，快把他带走！"里面的眼镜男像是见到了救星，大声喊道。

"你的座位在哪儿？算了，你跟我走吧。"乘警也不废话，推着我就走，我知道再赖着也没用，就对眼镜男放狠话道，"你给我等着！"

被乘警押着走了两节车厢，迎面走来一个米黄色的身影，我掏出手机一看，又到了两点十五。

小眼镜，你给我等着。

米黄举起枪，再次将我一枪爆头。

……

"I've got the reach and the teeth of a killing machine……"

再次重生被铃声吵醒，我立刻睁开双眼，转头就朝眼镜男坐的位置望去。

让我惊奇的是，眼镜男竟然也在看着我，而且，他的眼神不对，那不像是在看一个素不相识的人。

那眼神带着一点点恐慌，跟我眼神相触的瞬间他就察觉到了不妥，生硬地挪开了视线，而在我看来这更是欲盖弥彰！

他有上一轮循环的记忆！我几乎是瞬间得到了这个结论，转而抑制不住狂喜，二话不说，我起身就要去抓他。他反应也不慢，像耗子一样往卫生间窜去。结果还是让他抢先一步，躲了进去。

"你有意思吗？"我气笑了，轻轻敲了两下门说道，"出来，咱们聊聊？"

里面无人应答。

"你放心，就像你说的，你不就是个打工的嘛，我跟你较什么劲呢？"我循循善诱道，"我只是想跟你聊聊怎么离开这里，你也得体谅体谅我嘛，平白无故地被杀了几十次，难免有点烦躁。上次如果冒犯了你，我道歉，我道歉。"

"唉，你不懂，我不能说的。"

嘿嘿，上钩了，他这话简直是不打自招。我让自己的语气尽可能地柔和，说道："我懂我懂，你也是逼不得已的，每个人都有苦衷，咱都互相体谅一下。"

"不是，唉，兄弟，我不知道怎么跟你说。"眼镜男的语气开始软化，"这事应该要你自己意识到，我跟你说的话就……兄弟，你就放过我吧。"

"好吧，我明白了，老这么缠着你也没意思，我也不是不讲理的人，就这样吧，拜拜。"说完，我转身离开。

从我离开算起，过了五分钟左右，卫生间里传来门闩轻轻抽动的声音，门被缓缓拉开，里面的眼镜男像老鼠一样机警地观察四周。

我哪里会错过这个机会，瞬间迅速从死角窜出来，用手臂卡住门，朝眼镜男露齿一笑，打招呼道："嗨，又见面了。"

眼镜男急忙想把门合上，但为时已晚，我的力量比他大得多，稍微用力就挤了进去。进门之后，我一把掐住他的脖子，将他死死按在墙上。

他气急败坏地骂道："你们这帮实验体果然就没有好人！"

"实验体？又有新台词？"我笑得有些狰狞，加大了手指的力度，他的脸立马就憋红了，拼命地挣扎着，但他的力气小得很，对我造成不了半点威胁。

"先生，你们在里面干什么呢？"门外传来乘务员关切的声音，我将门砰的一声关紧，将门闩插上，然后转身说道，"现在就咱们两个人了，好好聊聊吧。"

卫生间里本就狭窄，我们两个大男人挤在里面几乎是脸贴脸，不过这也更加方便我看清他的面部表情。我将掐住他脖子的手松了松，问道："先说你是谁，你的任务是什么？"

"我不——"

没等他说完，我再次用力狠掐他的脖子，这次我用了十成力。

看他的眼神开始涣散，我才松开手，他像快溺死一样喘息着，咳嗽着，鼻涕眼泪都流到嘴里了。

我阴狠地威胁道："你不说没关系，我会慢慢折磨你，一会儿我被杀了也没关系，你最好祈祷自己下次能跑快点，不然我醒来第一件事还是找你。"

"光是我被杀也太不公平了，以后我死多少次，死前就折磨你多少次。"我这话并不是吓他，他也明白我是认真的，看我的眼神中多了几分畏惧。

我看到他的表情开始变化，恐惧、犹豫两种神情交替出现，最终他有些崩溃地叫道："为什么要跟我过不去啊！我只是为了混口饭吃！"

我知道只差临门一脚了，催促道："少废话，快说！"

"你敢跟我这么横，怎么就不敢杀了他？"

"杀谁？"我一愣。

"谁杀你，你杀谁啊！"他瞪着我，"为什么不选另一个选项？"

3

"你有两个选项——一是像老鼠一样逃跑，另一个选项，在你的包里。"

电话里的女声回荡在我的耳边，我想起了包里的那把手枪。

杀人？这个念头再次从心中生起，我却惊讶地发现自己没有一开始那么抗拒。或许是因为被同一个人杀了那么多次，我觉得反杀他一两次好像也不过分。

"等等，难道必须要我杀了他循环才会结束？"我紧紧盯着他。

"你自己想。"

"别说谜语，直接告诉我答案！"我狠狠在他肚子上揍了一拳，痛得他直叫。

"咳咳，算了我不管了，会变成什么样我也不管了，我受够了！"眼镜男开始自暴自弃了，他仇恨地盯着我道，"你不是想知道么，我全告诉你！"

"fight-or-flight，翻译过来就是战或逃，这是生物面对未知危险时的应激反应，愤怒引起攻击，恐惧则导致逃跑，这么说很好理解吧。

"这本来只是一个科研项目，后来项目主管不知从哪里找来一批'实验体'——据说是一些受过训练的罪犯，我们才有机会用活人来研究战逃反应。研究方式就是你现在所经历的一切。"

"我……我不明白。"我干巴巴地说道。

"类似于虚拟现实的一种技术，他们把你的意识接入一段无限循环的梦境，在这段梦里你不记得自己是谁，也不知道自己在哪儿。"他像在说梦话，但偏偏每一句都像是真的，"然后他们在你的梦境中塑造出一个杀手，他唯一的任务就是杀死你。"

"那为什么不让杀手直接坐小美的位置上？"

"小美是谁？"

"坐我旁边的女孩。"

他摇了摇头，说道："那有什么意义呢？他们的目的又不是杀死你。"

"那又是什么？"我感觉大脑要裂开了，"你说要研究我的反应，那研究一次两次不就好了吗？为什么要让我这么逼真地死一次两次三次四次？到现在都几次啦？什么时候才是个头！"

"我说过，这'本来'是一个科研项目。"眼镜男推开我，整了整衣领，说道，"后来项目被某些大人物看上了，性质就变了。"

"研究人员发现，如果将实验体每一轮循环的记忆延续下去，会出人意料地达到一种'训练'的效果。当'逃'的负反馈效果达到极限，实验体将会把'战'作为唯一选项。"

看到我迷惑的表情，他解释道："无论你怎么躲，杀手都会杀掉你，这是系统设定好的。多重复几次，你会怎么样呢？"

"就现在这样，感觉无所谓了。"

"嗯，自暴自弃，感觉死不过就这回事。"他点点头，继续说道，"那再重复几十次几百次，你又会怎么样呢？"

我一时语塞。

"总有一次你会想起那把枪的！当人不在乎自己的命，他又怎么会在乎别人的？你会拿枪选择战斗，选择杀掉他，这将成为你潜意识的唯一选择，这才是这个项目的意义！"

"这是个战斗训练营，兄弟，有人想训练你们的潜意识。"他不理已经震惊到石化的我，自顾自地说道，"训练好之后，他们再将这个梦境从你的记忆中抹除，你就会成为一个心理素质极强的士兵。你不会再逃跑，只会战斗，只会杀掉敌人。"

"呵呵，主管还开过玩笑，倘若把你们实验体编成一支军队派上战场，敌军绝对见不到一个逃兵。当然像你们这样，如果真的训练出来也不可能去做大头兵，至少也是特种兵之类的，毕竟费了这么大功夫呢。"

"我有个问题。"听到这里我浑身冷汗直冒，但仍努力保持镇定,"如果我永远不选另一个选项呢?"

"那就不选呗。"他翻了翻白眼,说道,"你以为有多少实验体在进行试验?或许几百个?几千个?合格的会立刻被运走,不合格的就一直训练,直到合格为止。当然,如果拖的时间太久,白白浪费资源,上面就会派人处理掉,换下一批。"

说着他指了指自己,抱怨道:"像我们这样的'记录员',只是负责跟进实验体的情况,因为外面不可能实时监控每一个梦境,只能每个实验体派一个专员负责,而我也是倒了血霉被派给你,没胆子去跟杀手血拼,反而跟我在这儿较劲。这下好了,奖金没了,说不好还要扣钱!"

我脸色苍白,无力地靠在墙壁上。

如果这是真相的话,那也太残酷了。

被肆意地操控记忆,像小白鼠一样在梦里被屠杀,即使侥幸从这里逃出去,也会像工具一样被人指使,直到被用坏、丢弃。

我苦笑道:"你早告诉我这些不就好了,何必受这么多苦。"

"什么是潜意识训练?我要是一开始就告诉你,那还有效果吗?不然你以为杀手为什么要被设置在半小时后才来杀你,就是为了让你有时间思考、犹豫,最后做出选择!你自己要去做和别人逼你做完全是两个概念……你可好,非要跟我过不去,这下好了,之前那么多轮你白死了,我白陪你浪费时间。"

说完,他蹲坐在地,手捂着脑袋,懊丧道:"我知道你们可怜，但我也有难处，要不谁愿意看这么血腥的场面，还不是因为钱够多，都是为了混口饭吃！这个月还有贷款要还，我的妈呀，该怎么办……"

我抬头望了望天花板，眯起眼睛："喂，我说，刚刚外面的人听到我们的谈话了吗？"

"谁？"

"就是你的领导，你的主管，创造这个梦境的人。"

"应该还不知道，他没时间监控所有实验体，所以才让我们隔几个循环打电话跟他汇报情况。"

原来如此，所以刚才眼镜男打电话是在汇报，那时候我还没抓到他，所以外面的人不知道刚才的事。

"要不要做个约定？我去干掉米黄，你就当作什么也没发生过。"我也蹲下来说道。

"这……"

犹豫就是好事，我加把劲继续劝道："你看，我想要出去，你呢，想要钱。我训练成功了才能出去，你才能升职加薪，我们的利益是一致的。"

"可是，从你了解真相的一刻起，训练就已经……"

"谁知道？谁知道这里的事？你不是说是你负责定期汇报吗？如果你不说，谁能知道这件事？"

"呃……"

"话又说回来，我出去是否能变成个厉害的士兵，跟你又有什么关系，最后就算出了问题，你就把责任推给我，谁会跟你一个小卒子过不去呢。你说我说得对吗？"

这次轮到他挣扎了，我微笑着盯着他，心里已经有大半的把握。

"管他呢，就这么着吧。"他叹了口气道，"我睁一只眼闭一只眼。"

"我就知道你会这么说。"我看了眼手机时间，说道，"不好意思，你可能现在就得帮帮我。"

"帮你什么？"

"来，站起来，站到这儿，对。"我将他扶起来，让他靠在门上，然后尽力缩紧身体。

"砰砰砰！"

门外射进来的子弹尽数被眼镜男的后背挡住，多亏他在，不然被射成筛子的就是我了。

等到米黄弹夹内的子弹打光，我将眼镜男的尸体扛在肩上，手放在门闩上的同时在心中默念："这不过是个梦。"

下一刻，我快速将门闩拉开，停顿一秒，将门拉开的瞬间，我把眼镜男的尸体用力朝外掷去。

门外的米黄在换弹夹，却被我扔出来的尸体砸中，趁他身体失衡的瞬间，我朝他冲了过去。

我用尽全力挥出的一拳正中他的下巴，人在这个位置受到重击很容易恍惚，米黄也不例外。短短的两秒钟却决定了胜败，我趁机捡起他的手枪与弹夹，当他回过神来，看到的是换好弹夹的我正举枪对着他。

"去死吧。"

"砰"，但这次倒下的不是我。

就这？看着米黄的尸体，我心中却没有起什么波澜，或许是因为知晓了真相，我完全没有亲手杀人的罪恶感。

不过是幻影罢了。

周围车厢中的乘客早就尖叫着跑开，我所在的相邻两节车厢空无一人，只有米黄和眼镜男的尸体与我做伴。我待在原地等着，列车继续朝前行驶，我看了看手机，已经两点半了。

怎么回事？梦境怎么还没结束？虽然第一次活过了两点十五分，但我却一点高兴不起来。眼镜男死了，我也不可能去问死人……现在应该怎么办？

"放下武器，双手抱头！"我听到乘警在远处的车厢朝我喊道。

我没有一点抵抗的想法，随手把枪扔掉，眼看着乘警如临大敌地一点一点接近，然后将我制伏。我被五花大绑后送到车上乘务员休息的隔间关起来，似乎到站之后就要将我移交给警察。

就这样，我在小黑屋里待了一个多小时，就在我以为会就这么到站时，整个列车忽然发出巨大的轰隆声。天旋地转间，我依稀听到有人在外面喊："脱轨，脱轨啦！"

我来不及发出一声惨叫，就失去了知觉。

4

"I've got the reach and the teeth of a killing machine……"

刚一睁眼，我就朝眼镜男坐的位置看去，他也同样望向我，我们都在彼此的眼中看到了愤怒。

"你竟然拿我挡子弹！"

"梦境为什么还没结束？！"

周围的乘客一脸惊讶地看着我们，眼镜男率先朝没人的过道走去，我没好气地说道："看什么看！"然后跟上他。

到了清静的地方，他立马怒声道："我中了好多好多枪，疼死我了！你这个天杀的坏种。"

我冷笑道："这种感觉我已经体验过无数次了，你这还只是第一次。"

"还第一次？！"他指着我的鼻子骂道，"你们是有前科的罪犯，我是交着五险一金的正常人，别把我们混为一谈！"

"有什么区别？"我狞笑着扭住他的手，疼得他嗷嗷直叫，"告诉我，杀了米黄之后，梦境为什么没有结束。"

"停停停！疼死我了……训练，什么是训练，一次能叫训练吗？你被杀多少次，就必须杀回去多少次，至少不能比被杀的次数少吧。"

我被杀了多少次……记不清了，也就是说，我还要再杀掉米黄那么多次……

"在到达系统给你指定的次数前，这辆车永远到不了 T 市，上一轮你杀掉他了？"

"嗯，但到站前火车脱轨了。"

"这就是了，后面纯属浪费时间。你死之后梦境才会重启，所以我建议你杀掉他之后直接自杀，这样可以节约时间。"他揉着手说道。

"呵呵，你们还真没把我当人啊。"

"行了，有时间说这些还不如赶紧去找你的米黄。"他嫌弃地看着我，说道，"告诉你这些，我也是要担很大风险的好吧！"

我懒得理他，回到座位上去拿包里的枪，结果手伸到包里，我的脸色却变了。

"这怎么回事？"我将包里的武器拿出来，那竟是一把手弩。

"你每杀死他一次，提供的武器都会变，这也是训练的一环嘛……"眼镜男事不关己地扶着座椅说道。

"喂，那是什么？"

我堂而皇之地将手弩拿出来，周围的乘客早就警惕地盯着我，坐眼镜男旁边的大学生还是一如既往地热心，率先朝我发问。

"手弩啊，没见过？"

"是假的模型吗？"

"应该不是假的。"我摸了摸弦上的弩箭，箭头轻易地将我手指划破。

"那就不能带到车上来，你怎么过的安检？"大学生皱眉说道，"后面还有小孩，很危险的，你还是交给乘警——"

"嗖"，弩箭应声从大学生的身体穿出。车厢在短暂的寂静之后炸了锅，人们哭喊着推搡着逃走，还有几个直接吓晕了过去。

"你有病啊！"眼镜男擦着脸上溅到的血，骂道，"杀他干吗？"

"我没用过手弩，找人试试。要不，拿你试？"

他立马闭嘴了。

"米黄在哪儿？"我问道。

"一般都是在一号车，后面也许会增加难度，随机出现在别的车厢。"眼镜男小声说道，看到刚刚那一幕，他老实了很多，"设定是半小时后才会来找你，不过你在那之前接近他，他会立刻攻击你。"

"OK。"我将包里剩下的三支弩箭带上，朝着一号车的方向走去。

弩箭不能连发，射完一箭如果不中，就必须先找掩体，他的手枪可是能连射的……我思考着战术，说来奇怪，我的心里竟有些跃跃欲试。

这是一场猎杀，不过，猎人不是你了。

我端着手弩走进了一号车厢。

"砰，砰，砰。"

"嗖，嗖，嗖。"

一番惨烈的战斗之后，我捂着肚子，靠坐在血染的过道边。

我身上至少有七八处贯穿伤，肚子也被子弹打出好几个洞，血不要钱似的往外流。但米黄比我更惨，他的蒜头鼻上正插着一支黑色的弩箭，小圆眼早已失去了神采。

车厢里除了几个被误杀的乘客已经没有别人了，我看着四周，忽然觉得这样的场景有点美。

欣赏了一会儿，我想笑一笑，却咳出了血。眼镜男说得对，接下来就有点浪费时间了，我可不想这副样子还被乘警拖去关小黑屋。

我抓起地上的弩箭，反手朝着自己心脏的位置用力刺去。

……

"I've got the reach and the teeth of a killing machine……"

再次醒来，我先去确认背包里的武器，这次是一把三棱军刺。

难度真是越来越大了，刚刚的手弩至少还算远程武器，现在直接给我把军刺，米黄用的可是手枪，我要怎么近身才好？

"你很开心吗？"眼镜男不知什么时候站在我旁边的过道上，直愣愣地盯着我。

"哪里开心了？"

"你的表情，就像刚拿到玩具的孩子……你应该去照照镜子。"

"你在胡说什么？"身旁的小美又露出嫌弃的表情，似乎很烦我俩隔着她聊天。我把那把军刺堂而皇之地从包里掏出来，她的表情瞬间冻结了。

观察人们表情的变化原来这么有趣，我伸手从她的包里掏出了蓝牙耳机，自然而然地戴在自己耳朵上。

"我想听歌，帮我放一首。"

"你、你想听什么？"在军刺的威慑下，小美显然把我当作了神经病，小心翼翼地问我。

"就这个吧。"我掏出了还在响的手机，每次吵醒我的铃声此刻听起来还挺热血沸腾。

"可、可我不知道这是什么歌。"

"那就去搜，能搜到的对吧？"我把脸一板，小美话都不敢说。

过了一会儿，耳机中响起了这首《The Warrior Song》。

"I've got the reach and the teeth of a killing machine……"

"不好意思，那个女生看起来很害怕，你能离她远点吗？"

古道热肠的大学生对我说道。

我微微一笑,握住军刺朝他捅了过去。

"杀人啦!"尖叫声此起彼伏。

"with a need to bleed you when the light goes green."

我十分满意军刺的效果,那大学生挣扎了一会儿就不动了。

"真是疯了!"眼镜男撂下这句话就跟大多数乘客一样逃了,反正之后也不需要他了,随他去了。

我的身体随着音乐节奏自由摆动,我握着染血的军刺,十分惬意地转起圈来。

"put a grin on my chin when you come to me."

我疯了吗?我并没觉得。既然这是我的梦境,那我为什么不能为所欲为?反正这些乘客都是幻象,每次我死之后都会重置,那还不如当作试武器的靶子。

我承认,当军刺刺入他身体的时候我确实感到了一股兴奋,或许从前的我就是以此为乐的人,眼镜男说我是罪犯,可能真的如此。我捡起小美逃跑时遗落的手包,里面有个小梳妆镜,打开镜子,果然如眼镜男说的一样,镜中人的脸在笑。

"cuz I'll win, I'm a one-of-a-kind and I'll bring death."

我握紧军刺,迈着轻松的步伐,朝一号车厢走去。

……

5

"非常感谢您参与我们的内测,酬金稍后会打入您的账户……已经为您订好票,票是五天之后的,您可以玩两天再走……大床房是268,标间198,您要住哪间……

"持有车票的旅客请往前走,到检票处依次排队站好……"

……

"I've got the reach and the teeth of a killing machine……"

我再次醒来,睁眼望向四周,刚刚好像做了一个好长好长的梦。

我梦到这一切不过是个游戏的内测,测试人员亲切地将我送出基地,还给我买了回家的票。我痛快地玩了几天之后,上了回家的火车。

"3-3F"我看着熟悉的座位号,自嘲一笑,果然那只是个梦啊。

这里不也是我的梦吗?难道在梦中还会做梦吗?我摇了摇头,不去想那么复杂的事。我按下手机的接通键,果然还是一样的对白:

"你有两个选项——一是像老鼠一样逃跑,另一个选项,在你的包里。"

　　毫无新意，我快听出老茧了。挂断电话，我望向脚下的包。

　　奇怪，包的款式好像变了。我偏头看了眼旁边的小美，吓我一跳，小美竟然换了身衣服，原来露肩的吊带裙换成了休闲的T恤衫。但小美果然还是小美，见我直勾勾地盯着她，连忙扭过身子，露出一副嫌弃的样子。

　　之前改变的只是武器的种类，这次好像连车内的环境都有些许改变，我连忙朝眼镜男坐的位置望去，想问问他是怎么回事。

　　结果那里竟然坐着一个四五十岁的中年男人，正专心致志刷着手机。眼镜男那家伙，难道趁我不注意的时候跑了？

　　手枪、手弩、军刺、军刀、战斧、匕首……在那之后我杀了米黄无数次，也被他杀掉好几次。研究方提供的武器威力越来越弱，我不得不费尽心机才能杀死米黄，但这也给我带来很多攻克难关的快感，有时我甚至会想，如果这就是现实的话也不错。

　　杀戮，本身就能使人上瘾。

　　好了，来看看这次的武器吧。我翻开包，可翻来翻去却只找到几件破衣服和牙膏牙刷什么的，没有一件看起来像是武器的东西。

　　呵呵，我就猜到最后可能会变成这样，不过还真变态。让我赤手空拳去杀掉一个拿枪的家伙，这难道是最终关卡？就算不是，我感觉离训练结束也不远了。

不过这也难不倒我，在无数次的循环中，我明白了一件事，那就是杀人方式可以有千百种花样，重要的是要学会随机应变。

忽然，我眼前一亮，因为我翻到了一把刮胡刀——不是电动的，而是可以拆卸刀片的那种。这就足够了，我将锋利的刀片拆下来，又从破衣服上扯下一点布包住刀片边缘，然后塞进口袋。

万事俱备，我揣着刀片，轻车熟路地朝一号车厢走去。路上我没有再用乘客试手，因为之前有过一次教训：杀米黄前因为杀掉几个乘客把乘警给引来了，结果正跟乘警纠缠呢，被米黄从后面偷袭，死得着实有点冤。

走到一号车厢前，我立马就锁定了米黄的背影。

奇怪的是，米黄这次却没穿他那件标志性的米黄色风衣，而是一身西装革履，像个商界精英一样。但米黄就是米黄，他的样子已经深深刻入我的脑海中，我又怎么可能认错。

我一步一步接近，貌似随意，实则精神集中到了极致。他貌似放松地坐着，实际上手枪也许就在手上，随时都有可能回头给我一枪。

近了，更近了，走到三步之内，米黄竟然还没动手。但此刻已经不容我多想，我闪身到他跟前，捏住刀片，闪电般地在他咽喉处一划。

一道血线闪过，随后鲜血喷涌而出。小圆眼、浓眉毛、蒜头鼻、薄片嘴，头发很稀疏，没错，就是米黄。他痛苦地捂着脖子，一脸不可置信地看着我，表情从未有过的生动。

很奇怪，这次竟然这么简单就得手了，如果眼镜男在这里，我真想问问他系统是不是出问题了。

"啊！杀人啦！"四周的乘客这才反应过来，有的立即逃跑，也有胆大的留下来，似乎想要制伏我。

很可惜，梦境依然没有结束，看来这也不是最后一次。等乘警来了更麻烦，我看了惊慌的乘客们一眼，轻松地说道："拜拜了各位，一会儿见。"

说完，我捏住刀片，划向自己的咽喉。

6

某个高档写字楼，一间奢华高雅的办公室内，一个男人抽着雪茄，正坐在办公桌前。

漂亮的女秘书轻轻敲了下门，用悦耳的声音请示道："杨总，赵主管来了。"

男人挥挥手，秘书心领神会地出去了，片刻之后，一个戴着眼镜的男人走进来，并顺手关上了门。

"杨总，客户已经确认了新闻，两周之内会把尾款打过来。"

说着，他把一个厚重的档案袋递到杨总跟前，杨总举着雪茄的手朝沙发一指，示意他找地方坐。

　　杨总不紧不慢地打开档案袋，里面是密密麻麻的个人资料和新闻摘要，标注为死者的照片上的男人长着小圆眼、浓眉毛、蒜头鼻、薄片嘴，头发有些稀疏，旁边的新闻标题是——"惊天谋杀！跨国企业高管在高铁上遇刺身亡！"

　　资料十分详细，不仅有关于死者和凶手的，连同行列车的乘警、乘务员和乘客的都有。

　　杨总读了读资料，然后放到一边，问道："警察那边怎么说？"

　　"最后好像定性为报复社会为由的故意杀人，这次安排的'刀'也有前科，警察来过我们的游戏公司一趟，但没查到什么，只能往那方面想。"

　　"具体说说，警察都查什么了。"

　　"是。"赵主管想了想说道，"主要是'刀'来我们公司的目的，以及待的一周时间都干了什么。我们就用准备好的说辞，说是邀请他来做游戏内测的，然后还把处理过的一些录像影音资料给警方看了。当然，游戏的具体内容是商业机密不便透露，警方只知道我们是做虚拟现实方面的游戏公司。"

　　"'刀'怎么样了？"

　　"自杀了，按给他灌输的一样。放心吧杨总，已经测试了好多次，只要'刀'再次听到那个铃声，一切都会按照给他规定的剧本走，毕竟重复那么多次了。"

从赵主管进屋这么长时间，杨总这才露出第一个微笑，说道："小心驶得万年船嘛，老赵，带下面的兄弟们出去度个假，单子先不要接了，等这一阵风头过去再说。"

接着他又轻声说道："你也辛苦了，陪'刀'在梦里待了那么久……放心，我肯定不会亏待你。"

赵主管眉开眼笑道："应该的，应该的，都是为了混口饭吃。"

赵主管走后，杨总又细细看了资料一遍。看完后，他拿起资料走到碎纸机旁，将档案袋里的东西一张一张地放进去粉碎。

刚放进去一两张，他就张口叫道："小月。"

"杨总，什么事？"秘书走了进来。

"碎纸箱满了。"

"哦，我这就倒掉。"

漂亮的秘书找来垃圾桶，又将碎纸箱取出。杨总每次都会将赵主管带来的资料扔进碎纸机，不知不觉中，里面的纸屑早已堆成了小山。她将纸屑统统倒入垃圾桶，轻松地将秘密埋葬。

END

谜题1
本故事内的关键数字线索是？（提示：三位数，跟梦境实验有关）

谜题2
解锁道具·海龟汤卡牌，
可以跟朋友一起互动，考验对方能否推理出谜底哦。

看完所有的故事后，我找齐了16位数字，来到门口的密码锁前，依次按了下去：

　　——、——、——、——、——、

——、——、——。（请将你找到的所有数字线索按篇目顺序填写在此处！）

　　我的心跳得飞快，等待着命运的判决。

提示：填写完数字线索后，请翻开到下一页，解锁后续剧情。

最终数字密码为"5171781803601188",
解锁"日记07"。

最终数字密码非"5171781803601188",
很遗憾,逃脱失败,你将永远困在房间里。

【扫码可查看参考答案】

密码锁上的绿色感应灯亮了起来，门打开了。

在经历了数不清的"死亡"试探后，我终于获得了自由。

但是奇怪的是，迎接我的却是一条黝黑的走廊，只有最前方隐隐约约传来了亮光，这是怎么回事？

顾不上思考太多，我拔腿就向着亮光的方向走去，还没走多远，就被门口贴着的一张纸吸引了注意力。

【获得道具·数字迷宫纸】

那是一张数字迷宫纸，就贴在进门密码锁的旁边，我扫了一眼，心里一阵发寒……迷宫解出来的密码，跟我刚刚开门的密码，完全一致。

这是为什么？

明明就可以从外面打开门，为什么一直没人发现我被关在这里？

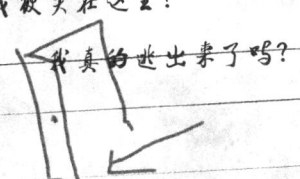

我真的逃出来了吗？

图书在版编目（CIP）数据

循环迷局 / 夏生主编. -- 武汉：长江出版社，
2025. 1. -- ISBN 978-7-5492-9905-8
Ⅰ．I247.7
中国国家版本馆CIP数据核字第2024DG5502号

本书经天津漫娱图书有限公司正式授权长江出版社，在中国大陆地区独家出版中文简体版本。未经书面同意，不得以任何形式转载和使用。

循环迷局 / 夏生 主编
XUNHUANMIJU

出　　版	长江出版社			
	（武汉市解放大道1863号　邮政编码：430010）			
选题策划	漫娱图书　巴旖			
市场发行	长江出版社发行部			
网　　址	http://www.cjpress.cn			
责任编辑	钟一丹			
特约编辑	许斐然			
总 策 划	重塑工作室	开　　本	889mm×1230mm　1/32
装帧设计	徐昱冉	印　　张	7.25
印　　刷	武汉鸿印社科技有限公司	字　　数	140千
版　　次	2025年1月第1版	书　　号	ISBN 978-7-5492-9905-8
印　　次	2025年3月第1次印刷	定　　价	46.80元

版权所有，翻版必究。如有质量问题，请联系本社退换。
电话：027-82926557(总编室)　027-82926806（市场营销部）